L'APPEL DE LA GARRIGUE

DU MÊME AUTEUR

Les Âmes brûlantes, éd. O. Orban, 1983.

Les Cités barbares, éd. O. Orban, 1984.

Programme MZ, éd. J.-C. Lattès, 1985.

Les Tentations de l'abbé Saunières, éd. O. Orban, 1986.

L'Or du diable, éd. O. Orban, 1987.

Le Bal des banquiers, éd. R. Laffont, 1988.

Psywar, éd. O. Orban, 1989.

La Cantatrice, éd. O. Orban, 1990.

Les Sept Esprits de la révolte, Éditions N° 1, 1992.

L'enfant qui venait du froid, Presses de la Cité, 1993 (écrit avec Claude Veillot).

Vercingétorix, éd. Plon, 1994.

La Bastide blanche, Presses de la Cité, 1995.

Le Secret de Magali, Presses de la Cité, 1996.

La Cour d'amour, Ramsay, 1996.

Pour comprendre l'Égypte antique, Pocket, 1997.

Jean-Michel Thibaux

L'APPEL DE LA GARRIGUE

Roman

Production Jeannine Balland

PRESSES DE LA CITÉ

ISBN 2-258-04130-9

1

L'horizon s'ouvrait largement jusqu'au Verdon. Mille sentiers s'embranchaient sur la grand-route d'Aix à Brignoles. La jeune fille les connaissait presque tous pour les avoir parcourus avec son père. « Au moins jusqu'à Tavernes », pensa-t-elle. Et sa pensée l'entraîna le long des ruisseaux des Écrevisses et de l'Eau Salée, vers Barjols et ses tanneries, à Bras, Brue-Auriac, Seillons — dans tous les villages dont elle devinait parfois les toits. Ces îles flottaient au milieu des chênes blancs et rouvres, sur le roux ardent des feuillages d'automne que le soleil du soir embrasait.

« Sainte Vierge, Sainte Vierge, faites qu'il revienne... »

À la vue du village de Rougiers, la jeune fille s'était assombrie. Son père était en bas. Quelque part sur la placette ombragée. Au café. La jeune fille joignit les mains et s'adressa encore à Marie qui du haut du ciel pouvait intervenir. À cet instant, une pierre se détacha d'une tour en ruine. Dans sa naïveté, elle crut que le père revenait, mais le silence retomba sur l'ancien site médiéval abandonné depuis plus de cinq cents ans.

Elle sentit alors l'hostilité des lieux. Personne ne venait plus ici. Il n'y avait qu'eux, les Bonifay, elle, Valentine, son père, sa mère et le petit frère, accrochés aux flancs de cette colline. Il n'y avait que les pierres éparses, les citernes et les fours détruits, les tours démantelées, la chapelle éventrée en haut de laquelle la jeune fille grimpait jour après jour. Elle demeura immobile pendant plus de deux heures. Le soleil tombait lentement. Elle vit disparaître les belles bastides de Blacailloux et de la Caudière, vit s'effacer des fermes, des bergeries, les cabanes des charbonniers de Rougiers. Elle redoutait toujours l'arrivée de la nuit.

Puis, il ne resta plus que la Sainte-Baume éclairée par le soleil invisible. Valentine n'osait pas regarder la montagne. Cette masse l'effrayait. Elle imagina le front rougi de cet énorme corps pétrifié, les roches anguleuses suspendues au-dessus des précipices, les falaises dentelées par les pluies, les grottes, l'impénétrable forêt sacrée habitée par les loups. À la vue de la montagne, elle éprouvait chaque fois un sentiment de crainte.

Cette peur remontait au temps de son enfance, à Saint-Zacharie. Un jour, alors qu'elle se rendait avec sa mère sur les bords de l'Huveaune pour laver le linge, une masco[1] les avait abordées. On la disait un peu folle, mais on craignait ses paroles.

— Surtout, n'écoute pas ce qu'elle dit !

1. Une sorcière.

Il était trop tard. La femme avait fixé son regard sur Valentine. La fillette avait eu l'impression de se perdre dans les eaux d'une source boueuse.

— Toi ! Oui, toi, petite ! Un jour, la Sainte-Baume te mangera, et quand elle t'aura avalée, tu rencontreras la Cata ferrada [1].

— Sartan ! avait crié la mère de Valentine. Fais ton chemin et oublie-nous !

La masco avait ricané, puis elle s'en était allée. Madame Bonifay aurait voulu empoigner les cheveux de cette empoisonneuse d'esprit, mais elle s'était sentie désarmée. Par la faute du père, Joseph, les Bonifay n'étaient pas très aimés à Saint-Zacharie. Il faisait porter le poids de ses fautes à toute la famille, face à la populace, face au prêtre, face aux mauvaises femmes des collines.

Valentine entendait résonner la voix de la masco quand elle regardait trop longtemps la Sainte-Baume. Pour vaincre son angoisse, elle se tourna tout d'un coup vers le massif et traça une croix dans les airs d'un rapide mouvement de la main.

— Je n'ai pas peur de toi ! cria-t-elle.

C'était faux. Sa peau se hérissait à la vue de cette immense île rocheuse semblant flotter sur la mer noir et mauve du crépuscule. Tout là-haut, les premières étoiles clignotaient au-dessus du chaos de dents et de pics. Elle connaissait les noms de cette mâchoire. Signal des Béguines, Cros de Lans, Jouc de l'Aigle, Pas de l'Ai, Saint-Pilon, des noms

1. La Chatte ferrée.

qu'elle ne se savait pas écrire et qu'elle ne prononçait jamais. Les bergers parlaient de ces sommets, les braconniers les prenaient pour point de repère, les moines y attendaient Dieu, d'autres le diable, Valentine, elle, y attachait son destin. Une lampe s'alluma dans la vallée du Cauron, les fenestrons des fermes de la Jauberte et de la Brandine s'emplirent d'une douce lumière. Les paysans avaient rejoint le coin de l'âtre, mais le père Bonifay ne revenait toujours pas. Valentine serra les poings. Un jour il paierait pour le mal qu'il leur avait fait.

Le père Bonifay, à la haute silhouette un peu courbée, grimpait aussi vite que possible. De temps à autre, il jetait un coup d'œil par-dessus son épaule. Il venait de finir une autre de ces journées qu'il traînait en un cortège de souffrance. Il aurait été incapable de dire ce qui s'était passé aujourd'hui, qui il avait côtoyé, et dans quelle circonstance il avait accompli le geste irréparable.

— Mais qu'est-ce qui m'a pris ? se lamenta-t-il en pensant soudain aux conséquences.

Il se revit renversant la table, sortant le couteau. Il avait frappé l'homme à la poitrine et au visage. Le sang avait aussitôt jailli. Puis il s'était enfui de Saint-Zacharie. Il aborda Rougiers par l'ouest. Le village ne dormait pas encore. La longue rue principale s'allongeait devant lui. Des odeurs de soupe et de lard grillé, des arômes d'ail et d'herbes se mêlaient aux remugles des bêtes. La chaleur avivait les nuances de ces senteurs qui parvenaient aux narines de Joseph. Elles l'incommodèrent. Tout l'incommodait. Les conversations paisibles, le rire des enfants, les meubles cirés, les crucifix, les draps blancs, les coffres et les assiettes de porcelaine. Il enviait secrètement le bonheur de ces gens. Il aurait pu offrir tout cela aux siens, mais il était malchanceux. La malchance était son prétexte. L'année 1868 s'était révélée mauvaise, l'année 1869 était catastrophique. Elle allait s'achever dans la tourmente.

Il vit le café éclairé, un mirage qui se dessinait à une cinquantaine de pas. Il ne distinguait rien des hommes qui s'y trouvaient et il ne voulait pas les rencontrer. Trois mois plus tôt, ils l'avaient chassé à coups de pied et de poing. Une fois de plus, il comprit que l'époque appartenait à ceux qui possédaient l'or.

« Il me faudrait mille francs ! » À la pensée d'une telle somme, une boule de chaleur lui monta à la gorge. Ce rêve d'or appartenait aux autres. Pour lui il restait inaccessible. Il tourna dans une rue transversale conduisant vers l'ancien Rougiers. Il accéléra le pas, le col relevé, les mains dans les poches, le rêve tué.

Avec la nuit, Valentine sentit la menace se renforcer, comme si chaque étoile, chaque lucarne éclairée était un œil renfrogné qui la dévisageait. Elle ne demanda plus secours aux saints. Quand le père tardait, le malheur, lui, ne tardait pas. Le père était parti à Aubagne pour acheter des burins et un marteau. La jeune fille se demandait à présent s'il était parvenu jusqu'à la « Porte du Château » de la vieille ville. Elle en doutait. Il y avait tant de tentations sur le chemin. La nuit pesait, mais Valentine entendait tout, les cris aigus des pipistrelles, les grattements des belettes, le glapissement d'un renard en route vers les poulaillers. C'est ainsi qu'elle perçut le murmure encore lointain d'une foule. Elle tendit l'oreille. Cela venait de l'ouest. Des cris. Ils se rapprochaient. Pendant quelques secondes, ces braillements diffus s'estompèrent.

« Ils sont au gué du Cauron », se dit-elle.

Ces « ils » franchissaient la rivière. Elle ignorait tout d'eux. Elle s'inquiéta, pensa à son père. À cet instant, Joseph parut entre deux pans de ruines. Malgré la nuit, elle le reconnut. Il avait sa façon à lui de souffler lorsqu'il fournissait un effort.

— Papa !

— J'arrive.

À sa voix, elle sut que cela n'allait pas. Elle écouta à nouveau les cris. La troupe abordait à présent la partie plate de la commune.

— Tu entends ? demanda-t-elle à son père lorsqu'il fut près d'elle.

Joseph tourna la tête en direction du village.

— Regarde ! s'exclama Valentine.

Il vit les taches de lumière. Des feux follets

trouaient la nuit. Les braillards s'éclairaient avec des torches.

— N'en siou pas l'encaouvo [1], répondit Joseph.

— Joseph !

Joseph soupira. Sa femme venait d'apparaître en criant comme quelqu'un aux abois. Il jura à voix basse. Contre la mère et la fille, il n'allait pas tenir longtemps.

— Tu as les outils ? demanda Maryse Bonifay.

— J'ai rien ! Rien, tu comprends ?

Elle comprenait. Il avait dépensé l'argent de leur labeur. Il avait cédé à sa mauvaise passion.

— Tu es un misérable, souffla tout bas Maryse.

Puis elle remarqua la danse des lumières au-delà de Rougiers. Une bande arrivait. Elle se souvint de la révolte de 1851, des tueries et de la terrible répression de l'armée. Elle avait rencontré Joseph à cette époque-là. Il suivait des paysans en armes qui avaient pour projet de s'emparer d'Aix. Quittant Roquevaire et les siens elle l'avait rejoint dans l'aventure. Après la défaite paysanne, ils s'étaient cachés dans les collines du côté de la Cadière. Joseph y avait appris son métier et ils s'étaient mariés à Auriol quelques jours avant la naissance de Valentine.

— On doit partir d'ici ! lâcha Joseph.

La mère et la fille se regardèrent. Elles allaient le questionner. Il les devança brutalement en poussant Maryse devant lui :

— J'ai blessé un homme à Saint-Zacharie. On

1. Je n'en suis pas la cause.

n'a pas de temps à perdre. Je crois qu'ils viennent pour moi !

— Seigneur... murmura Maryse.

Valentine sentit les larmes lui monter aux yeux, mais elle se retint. Elle voulait être forte. Elle se l'était juré. Ne jamais faiblir devant son père. Ce lâche en aurait éprouvé de la satisfaction.

Elle suivit le couple. Ils laissèrent les ruines derrière eux, traversèrent une forêt de chênes blancs, puis empruntèrent le chemin de la cabane. Le versant sud de la colline était couvert d'arbres chenus. Valentine en connaissait chaque variété. Il y avait les petits genièvres aux baies bleu-noir, les nerpruns aux fruits nauséabonds, les sumacs recherchés par les tanneurs, les mourvens à écailles et les cades. Ces derniers faisaient vivre la famille. On les appelait les cèdres piquants. Valentine portait en permanence les éraflures laissées par leurs feuilles. Mais elle les aimait. Elle avait grandi avec eux, allant de colline en colline. Ils cernaient la cabane familiale. Certains étaient morts, coupés, tombés sous les coups de hache du père. D'autres s'entassaient en menus morceaux, débarrassés de leurs feuilles, prêts pour le four.

Joseph pénétra dans la cabane de pierres sèches. Il en ressortit avec le petit Pierre tout ensommeillé.

— Tu vas nous aider ! On démonte le four ! Maryse, toi tu rassembles nos affaires et tu charges Babi.

Babi était le mulet. Bonifay l'avait gagné à un

Italien de Brignoles et affublé de ce sobriquet péjoratif[1].

— Tu ne l'as pas tué au moins? demanda Maryse.

— Et puis quoi? J'en sais rien!

— Tu as fait des dettes?

— Tu n'as que ce mot à la bouche : les dettes! Suis-je quelqu'un à qui on fait crédit? Tiens, j'ai encore deux sous. Prends-les! Ils sont à toi! Tu en auras besoin lorsque nous serons de l'autre côté!

Il avait tiré les deux pièces de bronze de sa poche. Celles qu'il n'avait pas eu le temps de dépenser. Il força sa femme à les prendre. Puis il ajouta :

— L'homme a douei beou jou su terro, quand pren fremo e quand l'entarro[2].

Ce proverbe, il le répétait souvent. Chaque fois, Valentine en éprouvait de la peine pour sa mère. La jeune fille attendit en vain la réplique de Maryse, mais cette dernière, soumise, ne répondit rien. La colère gagna Valentine. Elle eut l'un de ces regards que le père ne pouvait supporter. Il tourna les talons et se dirigea vers le four à cade. Elle le suivit avec le petit Pierre.

Joseph voulait récupérer les tuiles et les briques réfractaires de son four. La construction se dressait à une centaine de pas de la cabane. Au milieu des genévriers, elle avait une solennité mégali-

1. Babi était employé pour désigner un Italien : «un babi», «un rital».

2. L'homme a deux beaux jours sur terre, quand il prend femme et quand il l'enterre.

thique. Des druides ou des Ligures auraient pu l'élever. Joseph en était fier. Tout son savoir-faire, son art étaient contenus dans ces pierres sèches étroitement imbriquées autour de la cheminée de briques. L'ensemble mesurait trois mètres sur quatre et s'élevait à deux mètres cinquante. Il lui avait fallu une semaine pour le monter, il lui suffisait d'une demi-heure pour tout détruire. On reconnaissait le four du Bonifay à la forme trapézoïdale de l'ouverture d'écoulement de l'huile.

Joseph se baissa, plongea les mains dans l'ouverture et en retira la cornue. Ce récipient n'avait rien d'alchimique. En fait, il ressemblait à un seau avec deux manchons latéraux. Il devait son nom de cornue au processus de distillation de l'huile de cade.

— Pierre, tu prends la cornue et n'oublie pas les outils.

Pierre prit le seau, repéra la pelle pointue, la pelle à cendre, la picasse et l'eissado alignés sur le côté droit du four. Il hocha la tête en pitchoun obéissant. Partir d'ici le réjouissait. Il n'aimait pas vivre à proximité des ruines du château. Il disait qu'un diable y habitait depuis le jour où il avait découvert un pommeau de dague en bronze décoré d'un visage grimaçant.

Joseph se pencha à nouveau et ôta deux objets du four. Il en donna un à Valentine. Il s'agissait d'une martelette [1].

— Enlève les pierres autour de la cheminée ! Je m'occupe des briques.

1. Petit marteau.

Valentine grimpa au-dessus de la chambre de distillation. S'accroupissant, elle passa une main sur les pierres. Elles étaient froides. Pour prospecter, le père avait arrêté la chauffe une semaine auparavant. Elle eut soudain l'intuition que cette fuite était préparée depuis longtemps, mais qu'elle arrivait plus tôt que prévu. Le plan du père n'était pas au point. Elle en éprouva presque de la joie. Elle hésita à ébranler les pierres sèches à coups de martelette jusqu'au moment où Joseph l'engueula.

— Nom de Dieu ! Fille de rien ! Enlève-moi ça.

Elle s'exécuta et tapa de toutes ses forces sur le sommet du monticule. Ce four que son père avait amoureusement monté. Ce four à peine vieux de dix mois, que l'on soignait comme une vraie maison. Le voir s'émietter sous ses yeux la remplissait de douleur. Elle jeta la première pierre derrière elle, puis une autre et une autre...

2

La cheminée avait été démontée. Les briques s'entassaient dans un sac de toile. Valentine avait enlevé une centaine de pierres. Le cœur de la chambre apparaissait à présent sous la faible clarté des étoiles. Il était en forme d'amphithéâtre. Cet entonnoir, le long duquel coulait l'huile de cade, était bâti en tuiles. Joseph eut un regret. Il ne pourrait pas les emporter car les bougres qui le pourchassaient n'étaient plus très loin. Il put cependant desceller le malon vertical qui assurait l'étanchéité de l'ensemble.

— On décampe !

Valentine l'aida à caler le sac sur son dos. Courbé sous le poids de la charge, il prit le chemin de la cabane. Quand il parvint près de la mule où l'attendaient Maryse et le pitchoun, les clameurs les rattrapèrent.

— Ils sont dans les ruines, dit Valentine.

Babi orienta ses oreilles. L'animal sentit le danger et Joseph n'eut aucune peine à le faire avancer. Au début, parce qu'ils connaissaient parfaitement les lieux, ils dévalèrent rapidement le long de l'adret et rejoignirent le chemin charretier qui menait aux glacières. Parvenus dans les Plaines, ils se mirent à courir. Dans leur dos, l'adret s'illumina. Valentine réalisa qu'ils étaient au moins une cinquantaine à dégringoler de buisson en buisson. Les torches s'entrecroisaient sur la pente. Sous la rousseur des flammes, le troupeau humain brandissait des armes. En tête, elle repéra deux fusils. Des chasseurs sûrement. Rompus à pister le gibier de jour comme de nuit.

— Ils vont nous rejoindre ! cria-t-elle à son père.

— On prend par la fontaine de la Guillandière ! répondit Joseph en poussant mulet, femme et garçonnet devant lui.

Le petit Pierre pleurait en silence. Il regardait désespérément son père, attendant un miracle de sa part. Maryse marchait comme un automate. Elle lorgnait vers la ligne sombre des chênes rouvres du vallon de la Guillandière. Avec un peu de chance, la rouvraie épaisse et profonde les protégerait. Joseph pensait la même chose. Ils atteignirent l'antique fontaine romaine et obliquèrent au sud vers la Capelette. Pendant un moment, ils se crurent sauvés, mais l'haleine embrasée de la meute se fit entendre. Valentine entendit clairement : « À mort le Bonifay ! »

— Ils vont nous avoir ! dit-elle. Il y a des pisteurs avec eux.

— Tais-toi et avance ! J'ai mon idée ! répliqua Joseph.

Valentine se méfiait des idées du père. Elles

menaient souvent à la catastrophe. Le chemin se fit raide et dangereux. Ils atteignirent un escarpement rocheux. Ce fut à cet endroit que Valentine prit sa décision. Elle laissa la famille filer puis grimpa le long de la paroi qui surplombait le sentier.

Elle était agile. Depuis son plus jeune âge, elle courait dans le maquis accidenté. Ses mains trouvaient les fissures tandis que ses pieds allaient d'aspérité en aspérité. À un moment, elle étendit un bras vers les étoiles. Le sommet était atteint. Des racines dépassaient du bord rugueux, ses doigts s'y accrochèrent. Elle se cambra, puis s'arracha du vide d'un coup de reins. Elle ne souffla pas. Elle ne fit pas même le geste d'essuyer la sueur qui piquait ses yeux.

Au-dessous d'elle, dix mètres plus bas, elle apercevait le mince ruban de terre tracé par des générations d'hommes. Le chemin surplombait une petite falaise. Il était impossible d'y marcher à deux de front. Sa position élevée lui parut idéale pour tendre une embuscade. Elle portait, attachée à la corde qui lui tenait lieu de ceinture, une fronde. Elle s'en saisit. Cette longue lanière de cuir devenait ovale vers le milieu. Elle coinça les deux extrémités entre les doigts de sa main droite, et fouilla de la main gauche dans un petit sac pendu à sa hanche. Ces gestes précis, elle les avait exécutés des milliers de fois, elle les avait appris avec son grand-père sur les bords de l'Huveaune où on trouvait les galets servant de projectiles. Des galets, elle en avait dix dans son sac. Chacun pesait une centaine de grammes. Elle en retira un, le fit rouler entre ses doigts. Il était parfaitement lisse, presque rond. Elle le posa au centre de la fronde et commença à balancer son bras avec lenteur.

— Pépé Marius, si tu m'entends, aide-moi.

Son grand-père avait été emporté cinq ans plus tôt par une fièvre quarte. Elle était persuadée qu'il la protégeait du haut du Ciel. De protection, elle allait en avoir besoin. Les furieux venaient de quitter la fontaine de la Guillandière.

La fatigue causée par la destruction du four et la fuite, la tension provoquée par son père et la peur pesèrent soudain sur elle. Son geste se fit très lent, ses jambes se mirent à trembler. Elle n'attendait pas des lapins ou des lièvres, mais des hommes décidés à se venger. Si elle tombait entre leurs mains, ils la battraient à mort, la violeraient peut-être... Centimètre par centimètre, elle s'éloigna de la corniche, pensant à se sauver. Exactement ce qu'aurait fait son père. Une aigreur lui monta à la gorge. Cette ressemblance lui soulevait le cœur. « Je ne suis pas comme lui... pas comme lui... » Elle fit un effort violent pour se rapprocher du précipice. Et un autre effort pour reprendre son mouvement de balancier avec la fronde. La peur et la honte passèrent. À présent, la horde pouvait pointer son nez, elle, Valentine Bonifay, allait se montrer généreuse et digne de son grand-père.

Ils arrivaient. Étrangement, elle sentait toutes les odeurs de la colline, les sucres de la marjolaine et de la coriandre, les poivres des arnicas et des pariétaires, la douceur des thyms et des romarins.

Elle faisait corps avec la nature, semblable à une figure de proue au-dessus de la garrigue retentissant des cris haineux.

— Plus vite ! On le tient ! Au feu le patras [1] !

Soudain Valentine les vit apparaître. Depuis l'orée du bois proche, leurs torches faisaient flamboyer leurs masques grimaçants. Ils se précipitèrent vers la barrière rocheuse. Chacun voulait être le premier. Une file se forma. Le bras de Valentine accéléra son mouvement. La fronde se mit à tourner autour de sa main. Elle ne trouvait pas même étrange de pouvoir imposer sa volonté à des hommes dotés d'une apparence aussi effrayante.

Celui qui avait pris la tête du groupe marchait beaucoup plus rapidement que les autres. Il portait un fusil en bandoulière. Sous la torche qu'il brandissait, son visage était pareil à celui d'une bête. Sa face anormalement large aux yeux globuleux était une cible parfaite. Valentine ajusta mentalement cette trogne. La fronde s'ouvrit, le galet partit. L'homme cria en lâchant sa torche. Elle le vit s'effondrer sur les genoux, se pressant le nez avec les mains. Il y eut des hurlements. On entoura le blessé. Des coups de feu partirent dans toutes les directions. Un gaillard, court sur pattes, bedonnant, moustache en croc avec un haut-de forme, prit la tête des opérations. Valentine crut reconnaître le notaire de Saint-Zacharie. Un usurier, qui louait des taudis à de pauvres potiers qu'il ruinait

1. Le saligaud, le malpropre.

après leur avoir proposé des prêts à vingt pour cent.

— Montre-toi, Joseph ! cria-t-il.

Valentine soupesa un autre galet, le posa dans la poche de la fronde, le fit siffler dans l'air en tournant à une grande vitesse et le lança. Le notaire tomba à son tour. Tous refluèrent en désordre. Les jurons fusaient de tous côtés. Ils échangeaient des regards ahuris. Dans la débâcle, ils avaient abandonné le notaire qui gémissait sur le chemin. Ils tirèrent encore quelques coups de fusil au hasard. Valentine n'avait plus peur d'eux. Sa seule inquiétude, c'était le feu. Par chance, la torche que l'homme avait lâchée se consumait entre les caillasses du chemin. Elle ne se serait jamais pardonné d'être responsable d'un incendie. Les collines étaient sacrées. Les brûler, c'était commettre le plus affreux des crimes.

Dans le bois, les hommes cessèrent de s'agiter. Ils parlementèrent. Qui allait ramener le notaire ? Résoudre la question leur prit du temps. Puis deux silhouettes se détachèrent et s'avancèrent avec prudence. Valentine les laissa à leur besogne. Elles soulevèrent le blessé et le mirent à l'abri.

Un coup de feu partit à nouveau. Cette fois, ils l'avaient repérée. Les chevrotines s'écrasèrent à quelques pas d'elle. Valentine eut un frisson. Elle se décida à partir. Par bonds, sans faire de bruit, elle longea la crête, atteignit l'adret qu'elle dévala à l'instinct. D'instinct encore, elle retrouva le chemin. Sa jupe était un handicap ; elle la retroussa et la maintint d'une main sur son ventre. Aussitôt, sa course se fit légère. Cinq minutes plus tard, elle rejoignait sa famille.

— Valentine ! s'écria sa mère.

— Que faisais-tu ? marmonna le père.

Joseph lui jeta un regard suspicieux. Sa têtue de fille ne daigna pas lui répondre. Il grogna et frappa fort la croupe de Babi de la main. Le mulet fit un écart.

— Ton père t'a posé une question, ajouta Maryse.

La mère Bonifay passait son temps à panser les plaies familiales. Elle était le lien tendu à se rompre entre le père et la fille, celle qui subissait et adoucissait les rapports entre deux êtres que presque tout séparait. Valentine s'approcha de sa mère et l'embrassa en lui disant tout bas :

— Petite maman, ne t'inquiète pas, ils ne nous rattraperont pas.

— Et ces coups de fusil ?

— Ils poudrègent parce qu'ils ont peur.

Poudréger, c'était tirailler dans tous les coins comme le font les mauvais chasseurs de la ville. Maryse eut un sourire. Elle ignorait ce qu'avait entrepris sa fille, mais le résultat se faisait encore entendre. Ces confidences à voix basse énervaient Joseph. Il houspilla sa femme, talocha Pierre et eut des paroles mauvaises pour Valentine :

— À coumo lei cigalo, un poou grattar léou parlo [1].

Valentine ne répliqua pas. Elle était habituée.

1. Elle est comme les cigales, on la gratte un peu et elle parle.

Elle prit Pierre par la main et l'entraîna loin devant le couple et le mulet. Devant elle, la Sainte-Baume mangeait le ciel. Le Paradis, le Pas de l'Ai et le Bau de Saint-Cassien découpaient des tranches sombres au-dessus de la forêt des Quatre Chênes autrefois vénérée par les prêtresses ligures, puis par les druidesses salyennes. Valentine sentit ses craintes revenir. Et si la vieille prophétesse de Saint-Zacharie avait dit vrai ? Elle essaya de sonder le paysage du regard, mais il faisait trop noir. Quelque part, derrière la ligne tourmentée de la montagne, l'attendait la Chatte ferrée. Elle serra avec force la main de son frère.

— On va les avoir ! ricana Joseph quand ils arrivèrent sur le grand chemin charretier qui allait de Mazaugues au Plan d'Aups.

— Tu nous emmènes à Font Frège ? demanda Maryse avec angoisse.

— Eh oui, ma belle !

— Et les glaciers ? Tu y as pensé ?

— Coquin de sort ! Mais j'y pense depuis le début ! Ce sont eux qui vont nous sauver !

— Sainte Vierge ! ne put s'empêcher de lancer Maryse.

Elle redoutait les glaciers des collines[1]. Ces diables d'hommes qui récoltaient la glace l'hiver et la revendaient l'été sur les marchés de Marseille et de Toulon gardaient jalousement leur territoire. Ils

1. Voir *La Bastide blanche* et *Le Secret de Magali.*

craignaient le sabotage. La glace valait une fortune. Depuis plus de deux cents ans, ils se battaient entre eux comme des chiens enragés pour la possession des terres gelées situées au nord-est de la Sainte-Baume. Et le père entraînait la famille au cœur de ce monde interdit.

— Si vous ne faites pas de bruit, tout se passera bien ! ajouta Joseph en s'engageant sur un minuscule sentier.

À présent, lui-même jetait des regards inquiets alentour. Valentine s'en aperçut. Elle eut une moue de mépris. Elle connaissait les légendes qui couraient sur les glaciers. Elle les avait parfois rencontrés sur les routes lorsqu'ils revenaient des villes. La plupart habitaient Rougiers, Signes, Mazaugues et Cuges. Fiers et forts, ils servaient les puissants maîtres des glaces. Les gendarmes ne se mêlaient jamais de leurs affaires. Il y avait la loi de l'Empire et la loi de la Sainte-Baume.

Ils n'avaient fait aucun bruit, Babi semblait voler au ras de la terre, pourtant Joseph réclama le silence en plaçant un index sur ses lèvres. En contrebas de l'endroit où ils cheminaient, on apercevait la façade claire d'un bastidon. Les tours à glace s'échelonnaient le long d'une route carrossable. Elles étaient bâties au bord des bassins dans lesquels l'eau gelait dès le mois de décembre. Pendant plus d'une demi-heure, les Bonifay s'enfoncèrent dans ces domaines gardés par des hommes en armes. Ils traversèrent la propriété des Viguières, puis celle des Roumisse. Des lanternes trouaient la nuit aux abords des tours à glace. Elles se multiplièrent lorsque la bande des Zachariens passa en force la frontière de Font Frège.

Un mugissement lugubre perça soudain les ténèbres. Un glacier soufflait dans l'une des énormes trompes de cuivre qui rythmaient la vie des glacières. Le petit Pierre étouffa un sanglot.

— Capoun de Diou ! grommela le père en se saisissant du garçonnet pour lui museler la bouche. Toi, tu te tais, compris ? Ce n'est pas à nous qu'ils en veulent, mais à la bande de porcs qui nous poursuit. Es-tu un homme, oui ou non ?

Pierre fit oui de la tête et ravala sa peur. Mais les larmes coulaient le long de son visage rond et brun. Le père avait raison. Pour une fois Valentine admit qu'il avait vu juste en les entraînant là. Derrière eux, la bande de porcs, comme il l'appelait, se heurtait à présent aux glaciers. Trois coups de feu retentirent, puis le silence retomba. Ils étaient sauvés. La large échancrure du col des glacières s'ouvrait devant eux. Ils basculèrent sur le versant sud.

3

Où les menait donc le père? Maryse était épuisée. Ses yeux tentaient de forcer les pensées de Joseph. Son homme grisé par la fuite ne semblait plus vouloir s'arrêter. Il demanda une dernière fois le silence au bas de la Gourgue de Mal Vallon. Les échines se courbèrent. La famille passa au large d'un vaste domaine. Valentine devina la présence d'une imposante construction. Elle se souvint d'un château du nom de Font Mauresque. Le propriétaire était un maître des glaces, un riche marseillais. Son père Joseph en parlait parfois avec des airs de gourmandise : «Le Constant Roumisse, disait-il, est riche à millions. Il donne les plus belles fêtes de la région... Un jour peut-être ce sera moi!» On le laissait délirer.

Valentine se mit à rêver. De grands cyprès parfaitement alignés protégeaient la bâtisse endormie. Tout alentour s'étendaient des jardins potagers, des parterres fleuris, des champs d'oliviers, de cerisiers et d'amandiers. L'allée majestueuse conduisait vraisemblablement à un bassin, se dit Valentine. Elle imagina la vie des habitants du château, dans le rayonnement d'or de l'été, l'incessante stridulation des cigales, et le froufroutement des robes blanches. Il devait y avoir des calèches, des landaus aux roues dorées et aux capotes à soufflet, des officiers d'Empire sur de fringants coursiers, des jeunes filles qui avaient grandi dans la douce fragrance des roses et des camélias. Elle soupira. La réalité chassa le rêve. Elle était née pour vivre la chevelure mêlée d'herbe et de paille, pour respirer la poussière sèche des chemins et l'horrible odeur de l'huile de cade. Elle en voulut une fois de plus au père. D'autres s'étaient enrichis en récoltant l'huile ; certains avaient ouvert boutique à Aix ou à Marseille, on disait même que l'un d'eux était à présent à la tête d'une fabrique de savons employant mille ouvriers. Elle se devait de changer le cours de leur existence. Elle devait forcer son père à renoncer au vice qui les plongeait dans la misère.

— Le Latay, annonça Joseph.

La rivière coulait dans un encaissement de rochers, puis tombait en cascade avant un pont de pierre surmonté d'un large entablement de rondins. Ils se sentirent rafraîchis par le courant d'air froid qui suivait l'eau vive.

— On passe la nuit ici, dit Joseph.

Valentine aurait pris plaisir à plonger ses doigts dans l'eau bondissante, mais, au moment où elle se penchait pour s'exécuter, sa mère balbutia :

— Le pont du Diable.

— Oh oui, le fameux pont du Diable, on va pas

en faire une maladie ! Comment crois-tu que ceux de Paneyroles, de Riboux et de Signes font pour passer d'une rive à l'autre ? Ils empruntent ce fichu pont. Même les glaciers s'y risquent depuis qu'on l'a recouvert de bois ! Et il n'y a pas plus superstitieux qu'eux ! Moi, j'ai rien à devoir au diable des collines, qu' de ren si melo de ren si demelo [1]. Dormons, personne ne viendra nous chatouiller les pieds.

Maryse était plus superstitieuse que les glaciers. Elle voyait des signes néfastes partout. Elle redoutait les chats noirs, les couteaux croisés à table, le sel renversé, les carrefours au fond des bois, les bossus et le sureau qui portent malheur. Mais allez donc contredire un Joseph Bonifay ! Ce dernier était déjà allongé, le nez dans une touffe de thym, la bouche prête à s'ouvrir sur un ronflement sonore. Obéissante, Maryse s'étendit près de lui, mais, avant de se forcer à fermer les yeux, elle prit contre elle le petit Pierre et sortit la croix qu'elle portait autour du cou.

Valentine était encore sous l'emprise du choc que lui avait causé la découverte du pont maudit. Elle ne pouvait détacher ses yeux de l'arche. À cet instant, elle n'aima plus la vie verdoyante, les étoiles. Elle ne pensait plus à rien. Elle n'espérait plus que la fin de son existence. Le trou d'eau dans lequel se jetait la cascade la fascina. Elle eut la tentation de s'y perdre.

« Les noyés ne sont pas beau à voir. » Cette pen-

1. Qui de rien se mêle, de rien ne se démêle.

sée saugrenue lui fit apparaître la mort comme si lointaine qu'elle en perdit immédiatement toute réalité. Alors elle se demanda pourquoi elle était là. Pourquoi être si proche du pont légendaire ?

Le chemin sur la rive droite menait au minuscule village de Paneyroles, puis il se partageait en trois. À ce croisement, on pouvait se rendre à Riboux, au Coteau du Paradis ou sur la colline des Enfers.

Son grand-père était né à Signes. Bourrelier, un peu braconnier, il lui parlait souvent de ses chasses nocturnes au sanglier. Quand il traquait le gibier aux Enfers, il se munissait d'une image bénite de saint Michel. En pensant à lui, elle le comparait toujours à un héros. Elle le sentit près d'elle, il allait apparaître et l'enlever.

Ce fut alors qu'elle se rappela ses paroles :

« Il arrive parfois qu'un homme demande un souhait au diable en franchissant le pont, mais il faut que ce soit un sacré bougre d'imbécile ou un désespéré… Parce que tu vois, petite, le Magagnoux[1], y donne rien pour rien. Un souhait sur le pont, c'est cent mille ans passés avec lui dans l'autre monde. À cela tu ajoutes le poids de tes péchés. Eh ben, moi, je te dis que ce doit être une sacrée addition ! »

Un souhait… Valentine prit conscience de sa mission. Car il s'agissait bien d'une mission. Religion, respect filial, ordre moral, elle les rejeta d'un

1. Le Malin.

bloc. Elle contempla le trio pelotonné sous les couvertures. Ils dormaient déjà.

Elle s'approcha d'eux et attendit le premier ronflement du père. Cinq minutes s'écoulèrent. Quand il commença à gargouiller de la gorge, elle vint tout près de lui. Elle se pencha comme pour étudier son visage. S'il ouvrait les yeux, elle allait avoir droit à dix coups de ceinture.

Valentine patienta encore et décida de compter jusqu'à cent. À soixante, elle se décida. Son cœur battait à tout rompre. Elle fit jouer ses doigts comme pour un tour de magie, puis souleva délicatement un pan de la couverture qu'il n'avait pas même pris la peine d'enrouler autour de lui. Il ne broncha pas.

« Seigneur, faites que ce soit dans la poche de gauche ! » supplia-t-elle lorsqu'elle découvrit la vareuse de toile qu'il portait comme une seconde peau, en toute saison. Elle ferma les yeux, prit une lente inspiration et tâta la poche. Il y avait bien quelque chose à l'intérieur. À la forme, elle devina qu'elle avait trouvé ce qu'elle cherchait. Lorsqu'elle glissa ses doigts dans la poche, Joseph arrêta la pompe rouillée de ses poumons.

Valentine essaya de retirer sa main, mais sa volonté se heurta à une résistance inconsciente. Elle demeura dans cette position, morte de peur. Quand il brisa à nouveau le silence par un interminable ronflement suivi d'un chuintement, elle retira le paquet de la poche. Se relever, s'éloigner et reprendre sa respiration lui sembla une éternité. Le ciel étoilé, les arbres sombres, les rochers blafards, tout tournait. Elle était ivre de peur et de bonheur. Elle avait réussi. Elle tenait les objets de leur malheur. À présent elle devait accomplir l'acte le plus important.

Elle se dirigea vers le pont. L'arche semblait taillée dans le roc. Les énormes rondins qui la couvraient étaient liés les uns aux autres par des chaînes de fer. Étrangement, il ne l'effrayait plus. Elle fut même traversée d'un ravissement impur en posant un pied sur l'ouvrage. Les forces se réveillaient, montaient vers elle de l'eau bouillonnante de la cascade. Parvenue au milieu du pont, elle ouvrit le paquet de velours usé. Il contenait ce qu'elle détestait le plus au monde. La rage monta en elle à la vue des deux jeux de cartes et des cinq dés d'ivoire que son père gardait précieusement. Toute leur vie tenait là, dans ces morceaux de carton et ces cubes. Ces objets les avaient ruinés jour après jour. Joseph pensait qu'ils étaient les clefs d'une réussite facile. À cause de ces saletés, ils avaient été obligés de manger des racines, des champignons et des quintaux de châtaignes. En une seule nuit, Joseph pouvait perdre le bénéfice d'une semaine de travail.

Valentine ne savait pas comment s'y prendre avec le diable, mais elle y mit tout son cœur :

— S'il il est vrai que tu existes, s'il il est vrai que tu exauces les vœux, alors fais que mon père ne joue plus jamais aux cartes et aux dés... et aux autres jeux. Fais-le, je t'en conjure, en échange de cent mille ans de ma vie éternelle !

Sur ces mots, elle jeta au loin les « vices de son

père». Ayant accompli ce rituel, elle faillit se signer. Elle eut un sourire vite réprimé. Ce blasphème aurait pu lui coûter très cher. Et pour l'heure l'addition était déjà très élevée. Quand elle s'allongea, une paix la pénétra. Sa détresse du crépuscule s'était muée en un sentiment de soulagement.

— Papa est sauvé, dit-elle aux étoiles avant de clore les paupières.

Le chant d'un rossignol répondant au sifflement d'un merle les réveilla. Une légère brume adoucissait la déchiqueture du paysage, une rosée froide avait glacé le bout du nez de Pierre. Il se mit à éternuer.

— Nous voilà beaux si tu prends mal ! s'inquiéta Maryse en frictionnant les joues du garçonnet.

Joseph était déjà debout, un quignon de pain et un oignon à la main. Il contemplait la cascade. Il avait sa tête des mauvais jours. Valentine, qui s'était redressée, les yeux bouffis de fatigue, l'observa avec une pointe d'angoisse. Elle pensa aux jeux jetés dans le torrent. Et si les cartes étaient restées accrochées aux racines ? Son palais s'assécha quand elle vit son père tâter ses poches après la dernière bouchée de pain. Il fronça les sourcils, se gratta le crâne, revint fouiller sous la couverture qu'il tendit à sa femme.

— Tu n'as rien trouvé ?

— Trouvé quoi ? répondit Maryse avec lassitude.

— Mon canif ? mentit-il.

— Tu l'as perdu ?

Il fit semblant de chercher sur lui et s'étonna de le retrouver dans son pantalon. Puis il marcha sur le chemin emprunté la veille, fouillant le sol des yeux. On le vit disparaître sous une futaie.

— Ton père n'est pas bien, dit Maryse à Valentine.

— Il s'en remettra !

— Tu devrais lui montrer plus de respect.

— Autant en montrer à Babi !

Maryse regarda tour à tour le mulet et sa fille, interloquée. Elle s'empourpra, faussement en colère.

— Tu as la testardise de ta grand-mère et l'inconscience de ton grand-père. Tu finiras au bagne de Toulon.

Valentine éprouva une vive compassion. Sa mère paraissait si fragile avec son regard triste, son visage déjà raviné de rides, ses lèvres gercées, ses cheveux défaits dans lesquels des fils argentés se mêlaient aux brindilles. Elle ressemblait à une madone usée par les pluies et les gelées. La jeune fille eut un élan vers elle.

— Pardonne-moi, petite maman, pardonne-moi...

Pendant un instant, elle eut la tentation de lui révéler ce qu'elle avait osé faire la veille. Elle savait cependant que le secret aurait été trop lourd pour sa petite maman. Maryse finirait par tout dire à Joseph. Elle était incapable de mentir, faite pour subir. L'exemple même de la femme que Valentine ne voulait pas être.

— Je vais m'occuper de Pierre, dit Maryse en entendant le garçon tousser. Mange un peu de pain.

Valentine n'avait pas faim. Le retour du père ne s'annonçait pas bon. Elle alla charger Babi des quatre sacs qui contenaient casseroles, habits, briques et vêtements. Elle était en train de brêler l'animal quand Joseph réapparut. Il grommelait. À qui parlait-il, sinon à cet autre lui-même, le joueur en perdition ? Quand il perdait, il était fou de douleur, prêt à se suicider, et cette douleur l'exaltait, le nourrissait et le poussait toujours plus loin dans le jeu. Mais ce qui lui arrivait à présent lui paraissait si cruel qu'il ne pensait même plus à la mort.

Après tant de nuits à pourchasser la chance, être venu jusqu'au pont du Diable pour être dépouillé par la main invisible de Dieu, il y avait de quoi rire, ou pleurer. L'ahurissement provoqué par la perte de ses cartes chéries et de ses dés adorés avait fait place à une véritable douleur. Sans ses talismans, il était une bête, à la tête d'une famille de bêtes. Ils étaient là, l'attendant près du mulet. Leur vue lui fut insupportable. Sans ce fardeau, il aurait été facile d'avoir un peu plus d'argent, de se refaire, de se lancer dans des parties à Marseille ou à Toulon.

Valentine perçut le regard de son père, s'efforça de tirer sur les cordes qui liaient les paquets. Elle souhaita être en route et se rendit compte qu'elle ne pouvait échapper à sa question. Elle rassembla son énergie et se prépara à lui faire face.

— Hé, la fille, tu n'as rien trouvé ?

— Tout a été ramassé, répondit-elle, sauf ton sac à outils.

— Joseph, tu me caches quelque chose, il te manque de l'argent ? demanda Maryse.

— Mon argent, c'est toi qui l'as, bougresse. Les deux sous, tu t'en souviens. Hier ! Nom de Dieu !

— Je les ai, Joseph... Ne te fâche pas.

— C'est Dieu qui l'a voulu, c'est Dieu, se lamenta-t-il soudain.

Il craqua. Il se jeta dans les bras de sa femme. Des larmes jaillirent de ses yeux. Valentine qui ne l'avait jamais vu pleurer en éprouva une peine immense. Sa mère souffrait. Pierre souffrait. Autour d'eux, le monde s'éveillait. Les cloches de Signes appelaient les fidèles.

— Je n'ai plus mes cartes et mes dés ! jeta-t-il avec une voix d'enfant. Je ne les ai plus ! Le Seigneur m'a puni. Entendez, c'est son jour !

Le tintement lointain du clocher leur rappela qu'on était un dimanche. Maryse, qui se rendait souvent à la messe, se signa.

— Plus jamais je ne jouerai, plus jamais ! cria Joseph en se signant à son tour. Que le diable m'emporte si je rompt ce serment !

Valentine réprima un long frisson. Elle avait réussi. Elle regarda le pont. Désormais elle devait cent mille ans de sa future vie.

4

La famille Bonifay dépassa le clos des Bécasses où vivait un éleveur de volailles. L'homme, la femme et quatre enfants apparurent sur le seuil de leur coquette demeure. Valentine sentit leurs regards peser sur eux. On les contemplait avec mépris. On n'aimait pas les miséreux dans le coin, les estrangers qui viennent manger votre herbe, votre ciel et vos sous. Tout était pourtant si beau aux alentours, la nature riche et généreuse aurait pu nourrir des milliers de gens, les sources abondaient, le gibier foisonnait. Il y avait des carrières de marbre, des bois immenses, des plaines fertiles. Le Latay gonflé des eaux d'une dizaine de ruisseaux avait creusé son chemin dans le rocher. Les chênes centenaires de Cante-Cigale et de l'Île-Basse étendaient leurs bras noueux au-dessus de son lit.

— Jusqu'où va-t-on? demanda Maryse dont l'œil cherchait en vain les bouquets de cades.

— Il y a un riche propriétaire à une demi-lieue,

le baron de Guillibert, c'était une relation de mon père. On pourra lui louer une terre à genévriers.

— Avec quoi? répliqua Maryse.

— On demandera un crédit de deux mois, le temps de mettre en route le four et de vendre l'huile.

— Que Dieu nous vienne en aide! dit Maryse.

Joseph se mit à rire. Dieu ignorait les pauvres gens comme eux. Dieu punissait, se vengeait, promettait des trésors au paradis. Jamais il n'aiderait les Bonifay.

— Que Dieou te doune de sen e à ieou d'argen[1]! répondit-il.

De toute cette conversation, Valentine n'avait retenu que les mots «baron de Guillibert». Le père les emmenait chez un noble. Une honte monta en elle. Elle avait l'air d'une souillon; sa robe était rapiécée, son chemisier, raccommodé aux coudes, et son châle avaient perdu leurs couleurs. Elle s'approcha de la rivière et chercha une eau calme. Elle la trouva entre deux bouquets de roseaux.

Elle se pencha. Son visage de brune lui apparut avec tous ses défauts. Légèrement asymétrique, planté d'un petit nez busqué, flanqué de lèvres charnues, triangulaire, il lui déplaisait tant que la plupart du temps elle évitait de se regarder dans une glace. Elle aimait cependant ses yeux félins et noirs surmontés de longs cils soyeux, ses cheveux noirs qu'elle refusait d'enfermer dans un bonnet. Elle passa une main dans les vagues qui retom-

1. Que Dieu te donne du bon sens et à moi de l'argent.

baient de part et d'autre de ses épaules. Il n'y avait pas de poux, juste des brindilles qu'elle enleva. Ce peignage sommaire terminé, elle puisa de l'eau avec les mains et se débarbouilla la figure. Il n'y avait rien d'autre à faire. Le seul produit de beauté qu'elle possédait était l'huile de cade qui fortifiait et embellissait les chevelures. Elle se redressa, pesta encore contre son accoutrement de mendiante et rejoignit ses parents. Une demi-heure plus tard, ils parvenaient en vue de la Bastide Basse du baron de Guillibert.

La Bastide Basse était une étrange construction de deux étages aux fenêtres gothiques. Une maison de berger y attenait. Des chevaux en grand nombre paissaient dans un vaste pré précédant la bâtisse, des oies se dandinaient autour d'un puits. Des chiens aboyèrent lorsque la famille Bonifay passa l'orme sentinelle qui du haut de ses trente mètres étendait son regard sur la plaine de Chibron.

Valentine s'attendait à voir un château, des femmes en robes longues piquées de fleurs artificielles, un baron à chemise de dentelle et en bottes de cavalier. Il n'y eut rien de tout cela. Un homme se montra sur le seuil de la bâtisse trapue et lézardée.

— C'est le baron, souffla Joseph.

Valentine fut presque déçue. Le gaillard en bottines à deux francs, très gros, très rond, avec une tête lunaire encadrée d'une barbe rousse, s'ouvrit un passage au milieu des oies. Une femme, petite et sèche, engoncée dans une robe mauve et chiffonnée, le suivait.

— Que me vaut l'honneur de votre venue sur mes terres ? demanda-t-il à Joseph en étudiant le petit groupe empoussiéré.

— Monsieur le baron, vous vous souviendrez sûrement de moi. Je suis le fils de Marius Bonifay, le bourrelier de Signes.

Joseph tâchait de prendre un air naturel, en étudiant du coin de l'œil l'effet de ses paroles sur Guillibert. Celui-ci prit une profonde inspiration. Son expression se renfrogna. Deux rougeurs fardèrent ses joues.

— Je me souviens d'un digne artisan, en effet. Il a été ruiné par sa canaille de fils. Il ne dort même pas sous la terre de sa commune, à l'ombre de saint Pierre comme ses ancêtres. Honte sur toi, enfant indigne ! Quelle épidémie apportes-tu avec toi ? Quelle nouvelle infamie prépares-tu ? Que fais-tu avec ton mauvais œil sur mon domaine ?

Joseph était dépité. Ses épaules s'affaissèrent. Il ne pouvait plus supporter le regard flamboyant et accusateur du baron.

— Partons, Joseph, partons, je t'en prie, tu vois bien que nous ne sommes pas les bienvenus... Allons jusqu'à Cuges ou à la Cadière... Peut-être que nous aurons de la chance là-bas, dit Maryse qui souffrait encore plus que son époux.

Elle souffrait de voir combien leur nom était sali et de la présence de ses enfants : ils n'avaient pas à être témoins de leur déchéance. Pierre était pâle d'inquiétude, le gros homme l'effrayait. Pourquoi était-il violent avec son père ? Valentine encaissait mal les opprobres. Elle avait les yeux brillants d'émotion, la gorge nouée. Alors que le baron se lançait dans un véritable réquisitoire contre les rejetons pervers, les effets néfastes de l'Empire, les aventuriers bonapartistes, les banquiers de Napoléon III... elle préféra se mettre à l'écart. Elle alla s'asseoir sur un billot de bois et cala son menton entre ses mains.

— Il est bien en colère, notre bon baron.

Elle sursauta. Quelqu'un était derrière elle. Elle se retourna. Un homme de vingt-cinq, trente ans, se tenait sous l'appentis qui prolongeait le toit de la bergerie.

— Je vous ai fait peur ? demanda-t-il.

Elle fit non de la tête. Il était grand, bien bâti, avec des yeux doux et des cheveux bouclés. Le soleil avait bruni sa peau, le travail des champs l'avait durci, mais il ne se tenait pas voûté comme la plupart des paysans. Valentine pensa qu'il était de la famille du baron.

— Vous venez de loin ? ajouta-t-il.

— De Rougiers.

— Vous êtes carbouniés ?

Il les prenait pour des charbonniers. Elle en fut vexée. Avait-elle le bout des ongles noirs ? Ressemblait-elle à une fille au teint olivâtre, à la poitrine fragile, vivant dans l'âcre fumée des meules d'une charbonnière ?

— On fait du cade ! répliqua-t-elle avec véhémence.

L'inconnu était décontenancé. Il écarta les mains en signe d'apaisement et se rapprocha d'elle, ce qui la fit se lever et reculer. Il laissa retomber ses bras le long du corps.

— Je ne voulais pas vous désobliger. Il y a beaucoup de charbonniers à Rougiers et à Tourves. Et puis, ce n'est pas un métier déshonorant ! Moi, je ramasse des fleurs séchées et des lavandes sauvages. À l'occasion je vendange, je moissonne et je mène les chevaux de monsieur de Guillibert à la foire d'Aubagne. Ne le prenez pas mal, mademoiselle.

Il s'avançait et elle reculait toujours. Il paraissait si dépité qu'elle eut envie de rire. Elle avait oublié le face-à-face de son père et du baron.

— J'aurais dû être plus observateur, dit l'inconnu. Vous n'avez pas l'aspect d'une moricaude des charbonnières, votre peau n'est pas abîmée et vos cheveux ne se sont pas desséchés. J'y vois les bienfaits de l'huile de cade. Je m'appelle Fabien Fabre, dit-il en tendant la main.

Elle eut un sourire. Ce garçon l'amusait. Son prénom n'était pas courant. Il devina ses pensées.

— Je suis né un 20 janvier, jour de la Saint-Fabien. Paraît-il que ce Fabien-là était un pape des anciens temps.

Il avait toujours la main tendue. Elle finit par l'empoigner. L'échange fut bref mais chaleureux. Par ce simple contact et son franc regard, elle sut qu'il était fidèle, loyal et courageux.

— Valentine Bonifay… Le Valentin en question

a eu la tête coupée. Ce que j'en sais, c'est qu'il était prêtre.

Fabien se dit aussi que Valentin était le patron des amoureux, mais il évita de le souligner.

— Eh ben, un pape et un prêtre. En voilà une bonne paire !

Il eut la parole coupée par la voix tonitruante du baron. Le gros homme tempêtait toujours contre l'empereur, considérant Joseph comme un émule de ce régime.

— Ça va s'arranger, dit Fabien, vous verrez. Le Guillibert n'est pas un méchant homme et sa sœur, mademoiselle Anne, est une sainte.

Valentine n'en croyait rien. Guillibert était cramoisi. Joseph, vaincu, ressemblait à une victime attendant le coup de grâce. Malgré les appels à voix basse de Maryse, il demeurait paralysé. Puis la dame habillée de mauve intervint.

— Allons, Charles, un peu de tenue. Tu ne fais pas honneur à ton rang. Ce sont de pauvres gens. Ils ont faim, l'enfant est souffrant. Que fais-tu de tes grandes idées chevaleresques, de la charité chrétienne ? Cet homme a fauté. Pas les siens.

Le baron garda le silence. Lentement, le galop de son cœur se mourait, s'accordait à la douceur musicale de la voix de sa sœur. L'esprit d'Anne entrait plus avant en lui, éteignant la fournaise de la colère. Anne prit le dessus. Elle avait la tendresse obstinée, la conviction souriante, la foi en la fraternité.

Frère et sœur, célibataires tous deux, les Guillibert formaient un vieux couple. Leurs parents, ruinés après de mauvais investissements lors de l'expédition française au Mexique, étaient morts de désespoir. Eux s'étaient repliés à la Bastide Basse, ultime bastion appartenant à la famille. Le domaine formé d'une multitude de parcelles ne rapportait presque rien. La plupart de ces parcelles se trouvaient sur le plateau sauvage de Siou Blanc que se disputaient les loups et les bergers. Seuls, les chevaux rapportaient quelques milliers de francs par an. Cette situation avait été un obstacle au mariage de l'un et de l'autre. Charles avait des aventures furtives dans les maisons closes de Marseille, Anne vivait les siennes grâce aux romans achetés au colporteur.

— Il en a fini avec ses fredaines, dit la demoiselle de Guillibert en s'adressant à Maryse.

En effet, le visage de Charles avait retrouvé son aspect bonhomme. Il regardait le petit Pierre qui s'était mis à tousser. Il regrettait amèrement ses propos.

— Qu'est-ce qu'il a, le pitchoun ? demanda-t-il à Maryse.

— Il a dû attraper froid, répondit celle-ci en le prenant contre elle.

Le baron s'approcha et toucha le front du gamin.

— Mais il est brûlant ! Avez-vous vu un docteur ?

Les Bonifay se turent. Un docteur... ils l'auraient payé avec quoi ? Mademoiselle de Guillibert comprit aussitôt.

— Venez ! nous allons le mettre au chaud dans

la maison. Fabien, notre régisseur, ira chercher le docteur Bayle à Signes.

— Madame... c'est que nous n'avons pas le sou, avoua Maryse en rougissant.

— Ne vous tourmentez pas pour si peu! Le docteur est en compte avec le baron. Mon frère lui fournit et soigne ses chevaux. Et ne m'appelez pas madame mais mademoiselle Anne. Je n'ai rien d'une jeunette, cependant je tiens à ce qu'on sache que je suis encore bonne à marier. Suivez-moi!

Les deux femmes et l'enfant pénétrèrent dans la maison. Guillibert s'empressa d'envoyer Fabien quérir le docteur. Ce dernier sauta sur un cheval bai. Il montait à cru. Il parla à l'animal qui partit d'un trait sous le regard admiratif de Valentine.

— Bouèn homme! s'exclama Joseph qui essayait de gagner à son tour les faveurs du baron.

Guillibert ne répondit pas. Il était fier de son cavalier. Sans lui, il n'y aurait plus de troupeau. Fabien avait sauvé plus de deux cents bêtes quand la variole équine s'était abattue sur la Provence. Il était parti sur Siou Blanc et avait vécu dans l'isolement le plus total pendant seize semaines, soignant les pur-sang, les percherons et les pouliches. À présent, la manade de quatre cents têtes offrait le plus beau des spectacles lorsque les aides du jeune homme la rassemblaient sur la plaine de Chibron. Mouchetés, pommelés, blancs, isabelle, les chevaux mêlaient robes et crinières dans des galops soudains. La terre se mettait alors à trembler et des colonnes de poussière montaient jusque aux cieux.

— Rejoignez votre mère, mademoiselle, dit le baron à Valentine. Je dois m'entretenir avec votre père.

Valentine hésita. Elle n'osait pénétrer seule dans l'imposante bâtisse. Le baron l'encouragea d'un signe de main. Elle s'avança, l'ombre de l'entrée la happa et elle se retrouva sous les voûtes noircies, sous les regards craquelés de quatre ancêtres peints à l'huile et sous l'œil vif d'une énorme femme ceinte d'un tablier de boucher.

— Tu es bien maigrelette, avoua la matrone. Il est vrai que les chiens ne font pas des chats et que ta mère n'a que les os sur la peau.

Valentine se rembrunit. Qui était cette bacoune[1] ? De quel droit s'adressait-elle ainsi à elle ?

— Où est ma mère ? demanda sèchement Valentine.

— Toi, tu as besoin d'une bonne fessée. Mais ce serait malheureux de claquer un joufflu si peu rembourré. Ta mère est avec mademoiselle dans la chambre d'ami. As-tu faim ?

Le mot faim déclencha en elle une douleur. Valentine eut l'impression que son estomac se dénouait, s'éveillait avec ses élancements. Elle n'avait pratiquement rien mangé depuis vingt-quatre heures. Une odeur d'ail et d'épices émanait de la grosse femme.

— C'est moi qui cuisine ici, dit la dodue en souriant.

1. Cochonne.

Remuant son index en crochet, elle invita la jeune fille à la suivre. Elle avait la démarche chaloupée. À chaque pas, quarante livres de graisse accrochées aux hanches montaient et descendaient comme les contrepoids d'une horloge géante. Elle conduisit l'affamée dans une vaste cuisine où d'autres senteurs imprégnaient l'air.

Les narines de Valentine palpitèrent, son ventre gargouilla. Elle pouvait suivre le fumet d'une soupe au lard à la trace, de la porte basse encadrée de jambons jusqu'à l'âtre d'une cheminée où pendait un chaudron léché par de paresseuses flammes. Valentine ferma un instant les yeux. Quand elle les rouvrit, des détails accrurent son appétit. Des fromages de chèvre, du chocolat en morceaux, un reste de tarte aux poires et un panier de raisin occupaient le bout d'une solide table flanquée de bancs. Il y avait aussi une profusion de bouteilles de vin, des corbeilles remplies d'herbes, des bottes de poireaux, des bouquets de carottes, des bocaux de champignons éparpillés sur le sol ou rangés sur des étagères. Toutes ces victuailles attendaient de cuire dans l'une des nombreuses casseroles de cuivre aux reflets d'incendie qui pendaient aux murs.

— Je m'appelle Cécile, dit la cuisinière. Assieds-toi.

Cécile prit une assiette creuse dans un coffre et y versa trois louches d'une épaisse soupe. Quand Valentine vit et huma l'assiettée avec ses morceaux de lard et de saucisses, ses cubes de pommes de terre et ses haricots, elle éprouva un léger malaise.

C'était une soupe de riches, avec un goût de beurre et de poivre, un goût qu'elle n'oublierait pas de sitôt.

Le baron avait bourré une pipe avant de questionner Joseph. Il savait qu'il n'avait rien à attendre de ce drôle. Il l'étudia mieux.

Il lut les tourments endurés dans le regard bleu porcelaine de ce joueur apparemment repenti. Les cernes charbonneux creusaient la peau sous des paupières aux cils brûlés par le feu des fours à cade. Les mâchoires carnassières dénotaient un grand appétit de vie, mais le front dégarni était fuyant.

— Quelles sont vos intentions? demanda Guillibert.

— Je... Je m'étais dit que... En fait, je pensais que vous auriez pu me louer des terres à genévriers.

— À crédit, évidemment? ironisa le baron.

— Ce serait bien...

— Tu sais ce qu'on dit ici : Voou miès estre couyou qu'avugle : l'on ves seï pariè [1]. Et moi je te vois si bien que je pense aux ennuis que tu vas me causer!

— Je ne vous ferai aucun embêtement, je vous le jure!

— Ne jure pas, mécréant!

Le baron observa le ciel. S'il désobligeait le Seigneur, il se passerait quelque chose de terrible.

1. Il vaut mieux être couillon qu'aveugle : on peut voir ses semblables.

Mais tout était limpide, l'or fondu du soleil embrasait la cime des montagnes et des arbres. Un aigle fuyant les falaises des Cadenières traça un grand cercle au-dessus de la commune. Guillibert y vit un bon présage.

— Si je t'accorde un droit d'exploitation, je le fais pour ta famille. Encore faudra-t-il respecter ma loi. Tout sera écrit. Tu signeras, je signerai : Je ne peux frapper dans une main qui a tenu des cartes et des dés. Je suis responsable de ce qui se passe chez moi, de ton travail, de la santé des tiens, de l'harmonie qui règne sur les terres de mes ancêtres. Au moindre écart de conduite, ton contrat sera cassé. Comprends-tu ?

Joseph comprenait. Il comprenait surtout qu'il venait de gagner. Son cœur cognait dur contre sa poitrine. La sensation était proche de celle qu'il ressentait en raflant une mise.

— Vous n'aurez pas à vous plaindre de moi, dit-il d'une voix que l'émotion enrouait.

Il pensait sincèrement ce qu'il disait. Il ne cherchait pas à empaumer le baron. Construire un four, bâtir une cabane, faire de l'huile et des économies était son désir le plus cher. Il reniait avec violence le jeu, son passé.

Guillibert flaira la sincérité du bonhomme. L'interdiction qu'il s'était faite de sourire sauta d'un coup, comme un verrou. Il montra ses dents jaunies par le tabac.

— Tu as de la chance, j'ai de mauvaises terres en haut.

Il désigna du doigt le sud.

— Les genévriers y poussent comme du chiendent. Il y a aussi du kermès. Je vais t'indiquer comment t'y rendre.

Le docteur Bayle venait de repartir. Pierre avait un début de fluxion de poitrine.

« De la prudence, du chaud, des bouillons, les remèdes que je vous ai prescrits. Et tout ira bien. Nous éviterons la pneumonie », avait-il dit.

La pneumonie. Le mot fatal avait été prononcé. Dans l'esprit simple de Maryse, il était synonyme de peste, choléra et variole. Elle avait encore en tête le chiffre de cent quarante mille morts du choléra de 1854.

Maryse tenait la main de Pierre. Valentine, rassasiée, mesurait mal la situation. Elle n'avait jamais été malade. Quand la grosse Cécile apporta le cataplasme de farine de seigle et de moutarde entouré de mousseline, la jeune fille pensa que cette bouillie miracle appliquée sur la poitrine de son frère suffirait à chasser la fièvre. Elle fut étonné de l'ordre donné à Fabien par mademoiselle Anne.

— Prends deux chevaux et cours à Toulon, chez le pharmacien Castel. Voici deux francs pour les remèdes. Je ne veux pas que le petit nous quitte.

Maryse ne savait pas comment exprimer sa reconnaissance à la demoiselle, si ce n'est par la prière.

— Que Dieu vous bénisse ! dit-elle.

— Qu'il sauve d'abord votre enfant !

Elle souleva le cataplasme. La peau avait rougi. Pierre respirait mieux. Anne se pencha pour boutonner la chemise du garçonnet, Cécile arrangea les couvertures sur lui quand mademoiselle ferma le col du malade avec une épingle à nourrice. On aurait dit deux mères ; elles faisaient preuve d'une attention que Maryse n'avait pas ou n'avait plus par fatalisme.

Anne aimait les enfants, elle rêvait parfois d'une nombreuse famille, de marmots courant dans les champs de la Bastide Basse, Dieu n'avait pas voulu qu'elle porte les fruits d'un amour. Aujourd'hui, il lui en envoyait un, délicat et beau. Anne se disait qu'il était parfait. Avec sa bouche finement ciselée, son petit nez, ses yeux pailletés d'or, ses cheveux drus et bouclés, il ne ressemblait en rien à son père. On voyait qu'il avait tout pris à sa mère, mais la pauvresse était si usée que ses traits s'étaient affadis.

— Nous allons devoir le garder, dit soudain mademoiselle Anne.

— Ce n'est pas possible ! répliqua Maryse.

Elle pensait à son époux. Joseph comptait sur les bras de tous. Reconstruire un four demandait du temps. Il fallait aussi bâtir une cabane avant les premières pluies. Depuis l'âge de six ans, Pierre aidait son père.

— Vous voulez donc le tuer ? s'étonna Anne d'une voix où perçait la colère.

— C'est que…

— Mademoiselle a raison. Le pitchoun ne passera pas la nuit si vous l'emmenez sur le plateau de Siou Blanc. Quelle idée a eue monsieur le baron de vous envoyer là-haut ! Il n'y a que le mistral et les loups pour s'y plaire.

Maryse ne savait pas comment faire front. Les deux femmes étaient trop fortes et elles disaient la vérité : Pierre risquait de perdre la vie.

— Je veux bien vous le laisser... mais il faudra convaincre son père, finit-elle par dire en caressant le front du petit.

— J'en fais mon affaire ! répondit mademoiselle Anne.

Sur ces mots, elle alla rejoindre les hommes dans le bureau du baron. Joseph signait avec application le contrat que venait d'établir Guillibert. La conversation fut brève et, à son retour, tout était arrangé : elle garderait l'enfant jusqu'à ce qu'il soit sur pied.

Maryse se signa. En quelques heures, la roue du destin avait tourné. Elle ne les broyait plus. Joseph n'était plus le même. Hier encore, il n'aurait pas confié le mulet à son cousin de Trets, aujourd'hui il acceptait de laisser son enfant à ces braves gens. Et Maryse vit combien son homme avait changé. Quand ils quittèrent la Bastide Basse, Joseph essuya ses larmes.

5

Valentine était triste. Pour la première fois, elle était séparée de son frère. Qui allait le protéger maintenant qu'elle n'était plus à ses côtés ? Qui allait jouer avec lui, lui raconter des histoires, lui montrer les secrets de la garrigue ? Les Guillibert étaient bons mais vieux ; la Cécile régnait sur ses viandes et ses légumes, son état ne lui permettrait pas de courir après Pierre. Ces trois ne connaissaient pas le frérot. C'était le roi de l'escapade. Restait Fabien Fabre... Valentine eut une tendre pensée. L'homme lui plaisait. Elle savait peu de chose sur cet être qu'elle devinait généreux. Elle pensa soudain au prétexte que lui fournissait la présence de son frère chez les Guillibert. Rien ne lui interdisait de se rendre à la Bastide Basse le lendemain... ou le surlendemain. Non, dans trois jours, le temps de recoudre sa robe du dimanche et de ne pas éveiller les soupçons paternels.

Elle regarda du côté de ses parents. Joseph et Maryse marchaient le dos courbé, l'œil vissé à la croupe grise de Babi, peinant sur le chemin caillouteux. Au moment de partir, le baron leur avait donné un sac de chaux de trente livres ; Cécile avait forcé Maryse à prendre un panier de pommes de terre et du raisin. Valentine avait eu droit à un couffin contenant des lentilles, des haricots secs et cinq pots de confiture d'abricots. Le mulet ne pouvait pas tout porter, aussi chacun se cassait le dos et les bras avec son chargement. Aucun d'eux ne se plaignait. Au contraire, cette épreuve leur donnait du baume au cœur.

— C'est une bonne chose que le petit soit resté là-bas, dit enfin Joseph quand ils furent à deux lieues du domaine.

— Tu crois ? demanda Maryse qui ne se faisait pas à l'idée d'avoir laissé Pierre à des étrangers.

— Ça va être dur là-haut, très dur, tu sais.

Non, elle n'en savait rien. Elle n'était jamais allé aussi loin dans le sud du pays. Elle avait entendu parlé de Siou Blanc comme tout le monde. Un endroit abandonné de Dieu, disait-on. Joseph était lucide, le pitchoun n'aurait même pas supporté le rude trajet. Les mollets durcissaient, les chevilles enflaient, les pieds se tordaient dans les ornières. Maryse eut une pensée pour sa fille : Valentine méritait mieux que ce chemin de croix. Elle était en âge de danser, de nouer des rubans dans ses cheveux, d'acheter des coiffes de dentelle et de soupirer devant un galant. Maryse aurait donné son sang pour épargner tout péril à ses enfants.

Le péril, Valentine ne le percevait pas encore. Ils venaient de quitter l'encaissement du vallon des

Croupatières et cheminaient dans la plaine des Vaches. Des chênes tordus, des églantines et des pistachiers térébinthes se disputaient chaque pouce de terrain. Le petit houx, les lavandes, les santolines et les bitumes partaient à l'assaut du moutonnement minéral. Là où le soleil cognait, les rochers dessinaient des dents aiguës. L'empreinte des hommes se limitait au chemin, aux citernes de pierres sèches et aux ruines. Le front de Valentine se plissa. Ils parvenaient à une fourche.

« Surtout, ne prenez pas à main gauche, avait dit le baron, vous tomberiez chez les Limatiers.

— Aucun risque, avait répondu le père, je n'ai nulle envie d'être enfourché ! »

Elle se demanda qui étaient ces limatiers.

— Ne tardons pas ici ! recommanda Joseph en houspillant Babi.

Valentine lut l'inquiétude dans le regard du père. Il contemplait le chemin de Limate avec l'expression de quelqu'un qui s'attend à voir surgir le pire des dangers. Le père retrouva sa confiance après mille pas lorsqu'ils atteignirent la ferme de la Daumasse à laquelle un vieux paysan avait accroché son destin.

Ils le rencontrèrent. Il sarclait des herbes. Ils se saluèrent silencieusement alors que les paroles du baron résonnaient à nouveau à leurs oreilles :

« Le vieux Gaspard n'est pas un mauvais bougre. Ne lui demandez rien, il ne vous demandera rien. Passez à l'écart de ses carrés de légumes. Allez au-devant du vallon de Carnaval et vous atteindrez l'ancien chemin du Broussan. Mes terres s'étendent entre Carnaval, la Daumasse Sud, la Gueirarde et la Mare Caïre. Il y a un cabanon sur le bord du chemin; il est à vous mais il faudra le remettre en état. »

Les Bonifay suivirent l'itinéraire à la lettre. Soudain le père tomba à genoux, imité par la mère, et Valentine poussa un profond soupir de bonheur. Les cades, les mourvens et les petits genièvres poussaient là par centaines. Ils en eurent les yeux grisés, les narines pleines.

— Bon sang de bon sang, tout ce cade, tout ce cade... balbutia Joseph en frottant ses mains moites l'une contre l'autre.

Il voyait déjà les arbustes abattus, les racines hachées menu, le four gigantesque, fumant, crachant l'huile. Il pencha sa tête de côté pour effleurer celle de son épouse en une brève caresse de tendresse. Elle y répondit, laissant échapper des larmes de joie et des mercis à la Vierge et à saint Antoine.

Valentine posa son fardeau et courut vers les arbustes. Elle passa les mains entre les feuilles piquantes, cueillit des baies, les sentit. La substance même du genévrier passa en elle. Les fruits qu'elle froissait étaient pareils à des perles noires. Le noir ne trompait pas, les baies avaient au moins dix ans. Jeunes, elles étaient marron; adultes, elles viraient au rouge avant de prendre le deuil.

— Elles sont noires! cria-t-elle à ses parents.

Elle vit alors des cades immenses au milieu de mourvens à rameaux épais. Elle n'en avait jamais contemplé d'aussi grands. Deux d'entre eux dépassaient les dix mètres. Deux ancêtres, mille ans au moins. Les cades vivaient plus longtemps que les oliviers ; ils résistaient à toutes les intempéries, les incendies ne les détruisaient jamais tout à fait, ils repartaient des souches. Ils étaient des exemples et les hommes qui les travaillaient leur ressemblaient fréquemment.

Valentine erra un moment dans cet éden. Elle s'y sentait en sécurité. Loin des rivalités humaines, de l'hypocrisie et des méchancetés, loin des bonnets de dentelle empesés des paysannes enrichies, des parures et des robes à volants des bourgeoises de village, des redingotes arborant croix et médailles, des bustes raides et des poitrines corsetées, loin des cafés qu'elle redoutait plus que tout. Quand elle émergea du massif, les bras griffés et rougis, elle découvrit ses parents en arrêt devant le cabanon. Son enthousiasme tourna court.

Pauvre cabanon sans toit, branlant, aux brèches comblées par les ronces. Les deux pièces devaient autrefois abriter cinq à huit personnes. Aujourd'hui, au gré des saisons, elles servaient de repaire aux lézards ou aux grives. Sa gorge se serra. Sa mère se mordait le poing. La malheureuse songeait à la dérive tragique de leur vie et Valentine partageait ses pensées. La jeune fille n'avait pas connu la première maisonnette entourée d'un potager que Joseph avait louée au début de leur mariage. Maryse en parlait souvent comme d'un lieu digne d'un conte de fées. Depuis, à chaque déménagement, le décor se dégradait. Et il y en avait eu sept. Valentine avait habité une ferme, une bergerie, trois bicoques, la masure de Rougiers et maintenant rien. Ce ne serait pas ce soir-là, ni le lendemain, qu'elle recoudrait sa robe du dimanche à la lueur d'une chandelle.

— Où allons-nous dormir? murmura Maryse.

Joseph se mit à marcher autour de la ruine, accablé. Il s'injuriait tout bas, il invectivait le baron de les avoir envoyés dans ce trou. Il allait crier que c'était injuste et inhumain de nourrir les humbles de faux espoirs quand son regard se posa sur les cades. L'avenir sa cachait dans les racines et aux pieds de ces arbustes. À eux seuls, les deux géants pouvaient rapporter soixante à soixante-dix francs, de quoi vivre grassement pendant deux semaines. Ses yeux quittèrent les cimes arrondies et s'attardèrent sur le ciel. Le temps était serein, il le resterait au moins pendant trois jours. D'un coup, le courage revint. Il alla débâter Babi, détacha les cordes qui maintenaient les outils dans leur toile.

— Je vais tailler des branches et recouvrir le toit! Il faut déblayer l'intérieur. Allez zou! On ne va pas encore dormir à la belle étoile.

Valentine fut la première à pénétrer dans la ruine. Elle se mit à arracher les herbes folles avec véhémence. Elle ne sentait pas les épines des ronces sur lesquelles elle tirait. Sa mère la rejoignit et lui tendit le magan du père.

— Les espignes t'écharpent, tu y arriveras mieux avec ça.

Valentine jeta un regard noir à l'outil pointu avec lequel on déracinait les plantes.

— Si j'avais un gros benc[1] dans le cœur, ce serait tant mieux, répondit-elle en crispant ses doigts autour d'une tige barbelée.

— On va s'en sortir ! dit Maryse en s'attaquant aux ronces avec le magan.

— Tais-toi ! Tais-toi, maman, répondit rageusement Valentine. Je suis malheureuse comme une chienne perdue, je saigne, j'ai l'âme en lambeaux et je ne crois plus à vos bonnes paroles.

Elle ne croyait peut-être plus aux bonnes paroles de ses parents, mais elle n'en continua pas moins à travailler avec acharnement. Après l'arrachage, elle s'échina à retirer les moellons et les bouts de charpente. Pendant ce temps, Joseph sciait, taillait, liait les branches. Il avait des doigts d'or. Il aurait fait un bon ouvrier dans le bâtiment. Il réussit à construire des panneaux en mourven dont les feuilles à écailles assuraient une parfaite étanchéité. Ce toit de fortune allait les protéger pendant une dizaine de jours. Il avait repéré d'autres ruines plus récentes près des Croupatières. Des tuiles s'entassaient au pied des murs. Il irait là-bas avec le mulet. Tout en recouvrant le cabanon, il bâtissait déjà un palais dans son esprit. Puis il songea à la priorité des priorités. Au four. Sans four, pas d'huile. Sans huile, pas d'argent.

Quatre heures plus tard, Valentine rangeait les hardes de la famille dans la plus petite des deux pièces, Maryse mettait à cuire des pommes de terre à la cendre après avoir allumé un feu devant

1. Une grosse écharde.

la masure et Joseph muni de bidons allait à la recherche du puits de Signes, simple trou sans margelle situé à un quart de lieue. L'eau était rare dans le coin. Les puits donnaient peu. Le baron lui avait parlé des points d'eau de Massaquan, de Barboteau et du Poirier. Mais allez savoir où ils se trouvaient dans cette immensité chaotique dans laquelle même les renards et les sangliers avaient du mal à se repérer. Quand il revint, il put communiquer sa joie à Maryse :

— Le puits de la commune est plein. Il est tout proche. J'ai vu des tas de pierres le long du chemin, on n'en manquera pas pour construire le four... Et les lapins ! Pauvre de moi ! Ça court dans les tousques [1]. Tu entends, Valentine ? Des lapins gros comme des porcelets.

Du coin sombre où elle était assise sur une souche, Valentine ne perdait pas un mot. Son père ne pouvait voir ses traits tant il faisait sombre dans le gourbi percé d'un seul fenestron d'un coude de côté. Elle avait le visage fermé. Elle se sentait dans une prison, l'âme d'une exilée. Les trois pommes de terre grises dans sa gamelle de fer confortaient l'amertume de ses sentiments. Elle se fichait bien des porcelets à longues oreilles. Le père comptait sur elle pour les piéger. Il comptait sur ce complément de viande et sur les peaux vendues dix sous pièce. Elle était loin de ces calculs. Elle s'endormit, la tête pleine de rêves de fermes blanches,

1. Tousque : touffes dans lesquelles se cachent les animaux sauvages.

de chambres proprettes, de lits en chêne et de draps à ses initiales. Quand Fabien Fabre entra dans ses songes, elle sombra avec bonheur dans le plus profond des sommeils.

— Celle-là... oui, celle-là, la grosse qui a une face plate. Ce sera pour les assises !

Joseph montrait la pierre fichée dans le sol. Valentine acquiesça. Cela faisait trois jours qu'elle arpentait la colline avec son père. Tous deux et le mulet ramenaient des parpaings de toutes tailles au cabanon. Ils en avaient fait trois tas selon les calibres. Valentine prit le magan accroché au flanc de Babi et marcha à « l'ennemi ». Elle détestait ce travail. Elle en avait des cals aux paumes. Le soir, elle contemplait ses mains cornées et douloureuses, maudissant le père et la terre de Siou Blanc. Quatre mois de sécheresse avaient durci le plateau. Elle ne plantait jamais la pointe de l'outil dans une motte grasse. Il fallait se battre avec le sol craquelé, les épineux et soi-même.

Valentine écarta les jambes, chercha et trouva l'angle d'attaque avant d'abattre le magan. Elle avait visé juste. La lame pénétra sous la pierre en vibrant. La jeune fille poussa sur le manche en pesant de tout son poids et, dans le mouvement de levier, la pierre sortit de sa gangue de terre rouge. À quatre pas de sa fille, Joseph exécutait les mêmes gestes, hochant la tête mécaniquement quand « ces garces de caillasses » lui résistaient. Ils accumulèrent ainsi une vingtaine de pierres aux pieds de Babi qui croquait des herbes. Puis ils chargèrent les sacs sur le dos de l'animal.

— On en a assez! dit Joseph d'un air satisfait. On va pouvoir monter le four.

Valentine souffla de contentement. Jamais ils n'avaient rassemblé autant de matériel. Le père voyait grand. Elle allait encore souffrir pendant trois ou quatre jours. La fatigue était pareille à une boule de fonte entre ses épaules, taraudant ses muscles et ses os. Pourtant elle devait continuer à aider son père. Il le fallait. Un devoir. Une nécessité vitale.

Maryse économisait les provisions. Elle n'avait pas dépensé les sous précieux de la famille. Tous les jours, elle descendait prendre des nouvelles du petit à la Bastide Basse et elle en remontait avec un baluchon rempli de victuailles. Les généreuses Anne et Cécile, qui s'occupaient si bien du petit, bataillaient pour qu'elle accepte quelques légumes et du fromage. Maryse avait sa fierté. Elle cédait quand les deux femmes s'écriaient :

«Doux Jésus! vous n'êtes pas une bonne chrétienne, nous n'agissons pas par charité mais par amour du prochain et en bonnes voisines» ou

«Les Saints qui nous voient et nous écoutent savent que nous agissons bien. Ce serait pécher que de refuser ces modestes présents!»

L'argument religieux était imparable. Maryse prenait le baluchon et repartait vers Siou Blanc.

Elle arrivait au cabanon quand Joseph et Valentine apparurent au milieu de la garrigue.

Valentine courut vers sa mère. Elle avait hâte de

connaître les nouvelles d'en bas. Elles s'embrassèrent et, enlacées, attendirent le père.

— Demain, on bâtit ! dit-il en déchargeant les sacs.

Il but à la gourde, puis pinça la joue de Valentine.

— C'est une bonne fille ! Elle m'a fait gagner deux jours...

Valentine écarta son visage et haussa les épaules. Il ne s'en offusqua pas.

— Et Pierre ? demanda-t-il.

— Il va beaucoup mieux. Aujourd'hui, monsieur Fabre lui a fait faire un tour de poney. Si tu le voyais, il est choyé comme un prince. Ils ne le nourrissent pas de regardelles [1], il a les lèvres et les doigts qui pèguent de sucre.

— Heureusement qu'on n'est pas au printemps ! ironisa le père. Les abeilles nous le butineraient.

— Aujourd'hui, Cécile lui a fait des oreillettes et une truite pêchée par le baron. Tu te rends compte ?

Joseph se rendait compte de la chance qu'avait son fils et il en éprouvait un peu de jalousie.

— Il ne faudrait pas qu'ils nous l'engraissent trop. On n'a pas les moyens de changer ses vêtements tous les six mois !

— Je lui ajouterai des pièces et je les recoudrai ! répliqua Valentine qui n'aimait pas les propos de son père.

1. Plats qu'imaginent les pauvres.

— Toi aussi hein ! tu voudrais être en bas ? jeta-t-il.

— Oui ! Si tu crois que c'est facile de vivre avec les araignées et les bêtes sauvages dans ce trou !

Joseph leva la main. Il s'apprêtait à la gifler et, comme par défi elle tendait son visage vers lui, il laissa retomber son bras.

— Joseph... ne lui en veux pas... elle a dix-sept ans, tu sais.

La voix de Maryse était pleine de douceur et d'anxiété. Elle s'était interposée entre eux sans brusquerie. Elle aurait donné toutes les bénédictions des saints pour leur réconciliation. L'amour dans leurs regards, et un sourire, l'expression la plus tangible de la bonne volonté, de quels autres signes Maryse avait-elle besoin ? Ils ne lui donnèrent rien. Elle réussit cependant à rompre la tension quand elle leur raconta sa rencontre avec un groupe de gens bizarres dans le vallon des Croupatières.

— J'ai croisé deux chariots en remontant. Les hommes qui les conduisaient avaient des têtes de bourrique. Une demi-douzaine de femmes marchaient derrière. On aurait dit des gitanes avec leurs robes rouges et leurs cheveux au vent. Ils m'ont à peine regardée. Et comme ils ne m'ont pas saluée, je me suis dit : « C'est tant mieux. » Avec leurs vilaines figures, ils m'auraient sûrement emmasquée !

— Des Limatiers... des brutes. Quand ils ouvrent le bec, c'est pour t'insulter. C'est pas bon de les avoir pour voisins. Bah ! On s'en accommodera. Si tu ne vas pas chez eux, ils ne viennent pas chez toi. Tu as compris, toi, évite ces boumians !

Il était à nouveau prêt à en découdre avec Valentine, mais cette dernière qui ne voulait plus faire de peine à sa mère battit simplement des cils, ce qu'il prit pour un acquiescement.

Valentine ne se souciait pas des Limatiers. Elle avait l'agilité d'un chevreuil, l'œil d'un rapace et un couteau de chasseur dont elle savait se servir. Elle ne craignait pas même les loups dont elle connaissait les habitudes. Sa seule préoccupation du moment était le souvenir de Fabien Fabre ; elle aurait voulu en savoir plus sur la Bastide Basse, mais à présent, elle devait attendre le lendemain pour se retrouver seule avec sa mère.

À l'aube, Joseph planta les quatre piquets qui délimitaient la surface à bâtir. L'opération dura un bon quart d'heure sous les yeux de Maryse et de Valentine, attentives à chaque geste du rude bonhomme. Les deux femmes avaient préalablement désherbé le terrain. Il y avait quelque chose de sacré dans la façon de procéder. Joseph mesura une dernière fois le rectangle : six pas sur quatre. Puis il prit des cailloux blancs dans la poche de son pantalon.

— Bien ! Voyons pour la jarre.

La jarre était la partie la plus importante du four. L'endroit où se faisait la distillation du cade. Il déposa un demi-cercle de cailloux, puis en traça un autre plus grand en forme de fer à cheval pour la chambre de chauffe. Restait les différents murs internes et les évents de chaque côté de la chambre.

— C'est fait ! dit-il en se grattant la tête.

Il n'était pas sûr d'avoir choisi le bon emplacement et il attendit l'avis de Maryse.

— Il est grand ! s'étonna-t-elle. Mais le dessin a belle allure.

En effet, les lignes et les courbes de cailloux blancs se mariaient en une figure presque parfaite.

— Il est bien, ajouta Valentine qui reconnaissait là les qualités de son père.

Joseph en rosit de plaisir. Il allait enfin casser, déliter, enlier les pierres ramassées les jours derniers. Mais auparavant, il fallait sacrifier à la tradition.

— On sanctifie, dit-il avec un sérieux de curé.

Maryse, qui attendait ce moment important, s'avança vers son époux. Depuis le début, elle gardait précieusement contre sa poitrine un sachet de satin bleu. Elle en défit les cordons et en présenta le contenu à Joseph. Il y avait trois morceaux de cade pas plus gros qu'un tiers du petit doigt. Joseph fit son choix. La nostalgie adoucit un instant ses traits. Il se souvint du jour où il s'était rendu à la messe à Saint-Maximin, et où l'évêque avait béni dix de ces rejetons.

Le cade avait l'apparence d'un galet marron clair. Il le montra au soleil après s'être signé.

— Au nom du Père, du Fils et du Saint-Esprit…

Il hésitait toujours. Par une peur mêlée de respect. Quand on n'avait pas l'âme propre, il était difficile d'imiter les prêtres.

— ... Sainte Madeleine et saint Maximin qui veillez sur nous, faites que notre four donne de l'huile en abondance, faites pousser encore beaucoup d'arbres... et préservez-moi des tentations, ajouta-t-il avant de s'accroupir pour planter le cade dans le sol.

Maryse et Valentine s'étaient agenouillées ; elles priaient. La paix sembla descendre du ciel. Elle s'étendit alentour où, dans le désordre mystérieux des kermès tordus et des buissons hérissés de griffes, les bêtes haletantes cessèrent de courir.

6

Le lendemain, Joseph montait les murs intérieurs en forme de fer à cheval. La veille, après le baptême des fondations, aidé par Maryse et Valentine, dans la ferveur et l'enthousiasme, il avait réussi à bâtir la façade frontale et les murs latéraux. Le squelette du four prenait forme. Quand les murs seraient dressés, les chambres à combustion et à distillation élevées, les évents soudés aux briques, il remplirait les vides de terre. Alors viendrait le temps de la première chauffe.

En attendant cet essai, Joseph taillait les pierres à coups de martelette. Entre ses mains, elles devenaient parallélépipèdes, cubes, cônes, pyramides, et s'emboîtaient les unes dans les autres. Par endroits, elles étaient si parfaitement ajustées qu'il aurait été difficile de glisser la lame d'un canif entre elles. Lorsque le front de feu du soleil apparut au-dessus de Rouca Traouca, il se mit à chanter :

Lou ciele es blu, la journado es chousido,
Leis ousseloun cantoun de tous cousta ;

Bouen semenssié ta saco es ben remplido
Din lou carnié preparo toun gousta.

(Le ciel est bleu, la journée est choisie,
Les petits oiseaux chantent de tous les côtés ;
Bon semeur, ton sac est bien rempli
Dans le carnier, prépare ton goûter.)

Ce chant des « paysans » brignolais était l'un des préférés de Maryse. Joseph travaillait ses pierres, elle battait du linge sur un roc. Elle joignit sa voix à la sienne et cela fit chaud au cœur de Valentine qui recousait sa robe bleue. Une heure s'écoula ainsi dans la brise du petit matin. Maryse en termina avec l'unique drap qu'elle comptait bien utiliser quand on aurait de quoi acheter un matelas. Valentine cassa le fil avec ses dents. Les emmanchures trop étroites étaient rajustées. Elle étendit la robe sur elle. Trop étroite aussi au niveau de la poitrine. La jeune fille s'arrondissait malgré les privations.

« Ah, si j'avais dix francs ! » se dit-elle.

Dix francs, dix pièces d'argent… pour une belle robe à Aubagne, rose, avec des dentelles d'une légèreté de neige. Elle préférait calculer en sous. Le chiffre lui parut énorme : deux cents sous. Après tout, cela ne représentait que la vente des peaux de vingt gros lapins. L'idée de chasser se fit urgente. Elle posa sa robe à plat sur une large toile qu'elle roula. Faute de table, elle ne pouvait pas utiliser le fer et elle ne connaissait que ce moyen pour éviter les plis. La toile rangée dans le coin le plus sec de la masure, elle prit sa biasse[1]. Elle en vérifia le contenu. Ses chers lacets et ses pièges à grives étaient attachés par paquets de dix.

— Les oiseaux, ce sera pour plus tard, dit-elle en retirant les pièges du sac.

Les lacets étaient graissés. Les cordes glissaient sans accroc dans les nœuds. Elle prit un coutelas qu'elle passa à la ceinture et un quignon de pain. Ainsi parée, elle alla voir sa mère.

— Je vais dans la garrigue.

Maryse la contempla. Sa petite fille avait un air de conquérant. C'était bon signe.

— Fais attention aux bêtes et ne va pas du côté des Limatiers.

Valentine hocha la tête. Elle ne voulait pas contrarier sa mère. Elle irait cependant où son instinct la pousserait. Elle se moquait des bêtes. Les loups préféraient les moutons, les vieux sangliers solitaires sortaient la nuit et il n'y avait pas de vipères. Quant aux Limatiers, qu'elle classait dans les rustauds, elle ne s'en souciait pas le moins du monde.

— Demande la permission à ton père, dit Maryse en soupirant.

Elle voyait bien que cette têtue irait où bon lui semblerait. On ne pouvait pas la tenir. Dès l'âge de huit ans, elle s'aventurait dans les gorges de l'Huveaune toute seule. Elle allait au-delà des horizons et les « cadiers[2] » de Sainte-Victoire, du mont Aurélien ou de Garlaban le rapportaient au

1. Sac qu'on porte à l'épaule.

2. J'emploie le mot cadiers pour désigner les fabricants d'huile de cade, bien que ce terme n'existe pas.

père lors des ventes d'huile à Marseille. Joseph feignait la colère. En vérité, il était fier de sa petite chevrette qui défiait les éléments et s'appropriait la moitié sud des départements du Var et des Bouches-du-Rhône.

Valentine fit les trente pas qui la séparaient de son père avec une seule appréhension. Il pouvait exiger encore de l'aide. Il chantait toujours et manipulait des pierres à se casser les reins. Sa martelette voltigeait, ébarbant les caillasses, faisant voler des éclats. Joseph en était couvert du front à la poitrine. Quand sa fille fut à deux pas de lui, il cessa le travail. Il sembla la renifler, cherchant à deviner la raison de sa présence. Elle ne venait jamais lui parler sans une contrepartie. Puis il vit la biasse et comprit.

— Tu vas aux lapins ?

— Si tu m'y autorises.

L'air dubitatif, Joseph se demanda pourquoi elle était si soucieuse de son autorité. Elle avait le visage fermé et il lui fut impossible d'y lire quoi que ce soit. Il mit cette sollicitation sur le compte de leur nouvelle installation sans penser un seul instant qu'elle obéissait tendrement à sa mère. Cette autorisation valait pour toutes celles à venir. Une fois lâchée dans la nature, Valentine allait marquer son territoire comme une renarde.

— Allez zou ! Ramène-nous un civet ! Et n'oublie pas : Eme lou tambour l'on pren jamaï lèbre !

Toujours l'ironie. Pour qui la prenait-elle ? Elle savait bien qu'on ne prend jamais un lièvre avec un tambour. En attendant, la hase, c'était elle.

Vive et légère, elle sauta entre les buissons et se mit en quête d'une draille à gibier. Derrière elle, le chant continuait et elle entendit le refrain repris par sa mère.

Lou souleou, meis amis, pico dessus lou mount,
Anen jougné lei buou ou mitan dou sihoun...

(Le soleil, mes amis, frappe sur les monts,
Allons joindre les bœufs au milieu du sillon...)

Valentine se retourna avant de se perdre dans la garrigue. Le soleil frappait les collines, mais il n'y aurait jamais de sillon sur cette terre grêlée de rocs. Elle en éprouva du contentement. Elle aimait le monde sauvage et vierge. Les villes, pensait-elle, sont faites pour les esclaves et les mendiants. Propos de son grand-père, cent fois entendus, qui servaient son besoin de liberté. Quand les voix de ses parents moururent et qu'elle se retrouva seule au milieu du maquis, elle huma toutes les senteurs contenues dans l'air. Le romarin et le fenouil dominaient. Le paysage accidenté cachait ses trésors. Là, des sureaux noirs abritaient des rouges-gorges ; ici des buis, des genêts et des fragons se partageaient un val rougi par des coulées de terre. Tous les endroits lui semblaient propices.

Elle repéra le trou d'un terrier. En quelques minutes, elle tailla une branchette avec son couteau, la cala entre deux lourdes pierres et noua son lacet. La corde graissée épousait la circonférence de l'entrée, elle diminua légèrement le diamètre afin que l'animal ne passe pas au travers. Le piège lui parut efficace. Elle s'éloigna tout en prenant des repères car il fallait qu'elle retrouve l'endroit. Elle n'eut pas beaucoup de distance à parcourir. L'orbite d'un terrier s'enfonçait entre deux touffes de thym. Elle plaça un second collet.

La biasse se vidait. Le temps s'égrenait. Le soleil cheminait. Il grimpa de Rouca Traouca et domina les rochers de l'Aigue. Valentine avait exploré une partie du vallon de Carnaval. Elle en sortit égratignée et trouva un chemin à peine tracé qui filait plein midi. Une profusion de chênes verts envahissait le terrain qui n'avait plus rien d'une garrigue. Le mistral les avait tous poussés du même côté et ils penchaient leurs têtes vers le levant. Elle avait entendu des oiseaux, des rongeurs. À présent, le silence pesait. Il pesait sur les ramures immobiles, il pesait sur les herbes et les brindilles, il pesait sur Valentine. Elle mit ses sens en alerte. Le braconnage l'avait conduite au sud. Elle marchait vers l'est et comptait obliquer au nord avant de mettre cap à l'ouest.

Elle pensait retrouver facilement la forêt des cades en s'en tenant à ce périple. Mais cette chênaie sans vie lui faisait perdre le sens de l'orientation. Voulant en sortir, elle partit dans la direction où la forêt lui paraissait moins dense. Elle fut soulagée. Les troncs se clairsemaient. Un grand pan de ciel bleu entra soudain dans son champ de vision quand elle émergea enfin de l'ombrage. Elle n'alla pas plus loin.

À une centaine de mètres, la terre s'ouvrait. Un trou. Rond. Large de quarante à cinquante pas. Elle le devina profond. Poussée par la curiosité, elle s'en approcha. Une atmosphère étouffante emplissait ce cirque mystique. Elle y vit l'œuvre du diable. D'un coup de poinçon, le Malin avait percé l'écorce dans l'un des endroits les plus désolés de Siou Blanc. Le soleil frappait contre les parois lisses et noires veinées de rouge.

Elle n'osa pas se pencher sur le bord pour découvrir le fond. La pénombre entrevue l'effrayait. Quand elle recula, Valentine avait la tête qui tournait. Quelque chose pouvait surgir de ces entrailles, la saisir et l'emporter vers les ténèbres. Elle avait passé un pacte. Ce qui lui restait d'intrépidité s'envola lorsqu'un tintement parvint jusqu'à elle. Le bruit venait de l'autre bord de la faille.

— Madeleine ! Protège-moi ! souffla-t-elle en se jetant à l'abri d'un ciste téméraire qui poussait entre les roches lisses et arrondies.

Le tintement se fit entendre à nouveau. Quelqu'un frappait le sol avec un objet en ferraille. Valentine mêla ses cheveux aux feuilles de l'arbrisseau. Quelques gouttes de résine visqueuse coulèrent sur ses doigts accrochés à une branche. Son cœur s'affolait. Le tintement. À hauteur d'une vague de ronces. À soixante pas de la cachette où elle s'aplatissait. Elle ferma un instant les yeux car la chose ou l'être difforme allait se montrer.

Quand ses paupières s'ouvrirent, sa bouche se figea en un oh ! de surprise muette. Une fillette en robe verte rayée de blanc, à la chemise brune, sautait sur le bord du trou. Le plus étonnant était ses yeux bandés. Un foulard rouge était noué derrière sa tête. À chaque bond, ses tresses battaient l'air, puis ses épaules.

— Un, deux, trois ! disait-elle. Je suis chez moi ! Quatre, cinq, six ! Je vois et je lis ! Sept, huit, neuf ! Le secret du veuf !

Elle martelait les rocs avec de grosses chaussures ferrées et l'air tintait. « La Chatte ferrée », ne put s'empêcher de penser Valentine. La prophétie de la vieille de Saint-Zacharie se réalisait. La fillette était agile. Elle frôlait le précipice. Sa robe était une corolle légère. Ses jambes par instants découvertes, longues et graciles, se nervuraient de muscles fins dans l'effort. À la voir évoluer en aveugle au-dessus d'un danger mortel, Valentine s'inquiéta. Quel jeu était-ce là ? Qui obligeait cette enfant à faire ainsi la cabre ? Pourtant elle ne paraissait pas troublée. Elle lâchait des hop ! hop ! et des mots sans suite.

Valentine était fascinée. La fillette se rapprochait. À un moment, elle se mit à courir, plia les jarrets et sauta d'un rocher à un autre. Un vide de deux mètres les séparait. Il était impossible qu'elle réussisse ce saut avec précision les yeux bandés. Elle y parvint cependant et éclata de rire. Son exploit accompli, elle souffla un peu, puis cracha dans le trou :

— Ça, c'est un acompte pour le veuf ! Et si ça ne lui brûle pas le cœur, que ça lui donne au moins la cagagne.

Valentine fut surprise d'entendre de tels propos dans la bouche d'une si jeune fille. La voix était candide, le visage ovale à la bouche charnue n'avait rien de menaçant. Il lui sembla inutile de se montrer prudente et elle se décida à quitter l'abri du ciste. Cependant, avant qu'elle ait fait le moindre mouvement, l'inconnue frappa fortement le sol du talon gauche. Le fer fit résonner la surface graniteuse. Aussitôt, la fillette retira son bandeau d'un geste sec et s'écria :

— Qui est là ?

— N'aie pas peur ! fit Valentine en se relevant.

Elle se sentit jaugée, dépecée. Le regard immense et noir la passait au crible. Des yeux pareils, cela n'existait que dans les dessins de *L'Illustration*. Sous la frange soyeuse des longs cils, les prunelles brillaient, intelligentes, habiles à saisir les moindres changements de l'âme.

— Je chasse, dit Valentine.

— Le lapin ou le loup ? demanda l'inconnue.

Il n'y avait aucune ironie dans sa question. Rien dans son attitude n'avait changé. Elle avait ce calme fait d'une tranquille assurance et de la simplicité enfantine avec laquelle on accepte les événements qui paraissent inévitables.

— Le lapin...

— Tu en auras trois avant la montée de la lune.

— Tu es cartomancienne ? dit Valentine en souriant.

— J'ai un don... il paraît, répondit la fillette. Trois lapins et une mauvaise rencontre, voilà ce que je te prédis.

— C'est toi, la mauvaise rencontre ?

— Moi ! (Elle se mit à rire.) Je n'ai pas encore

le droit de faire le mal, même si j'en fais un peu en cachette. On pourrait être amies, si tu veux.

Valentine n'avait jamais eu d'amie. Une émotion la gagna. Elle était profondément touchée par cette proposition spontanée et sincère.

— Je m'appelle Valentine, dit-elle en tendant la main.

— Et moi, Victorine, répondit la fillette en lui prenant la paume. Deux V, comme victoire, c'est un bon présage.

Victorine se contracta. Elle tourna son regard vers le levant et chercha à percevoir quelque chose à travers les houssaies.

— Qu'y a-t-il ?

— Rien, ce n'est rien. Ma cousine et ma tante ne sont pas très loin. Elles n'aiment pas que je parle à des étrangers. Surtout ici. Peu de gens s'aventurent jusqu'à l'abîme de Maramoye.

Valentine regarda le trou. C'était donc ainsi qu'il s'appelait... Il l'effrayait toujours autant. Elle percevait le souffle de cette gueule. Il était lourd et froid.

— Et toi, tu t'y aventures les yeux bandés, murmura-t-elle.

— C'est l'école... tu comprends... Tè, par exemple, comme une espèce d'apprentissage. Il y en a qui apprennent que la terre est ronde, moi j'essaie de la connaître de l'intérieur. Elle me parle quand j'ai les yeux masqués et j'ai les pieds vaillants et ferrés. J'écoute courir le son quand je frappe du talon. Sûr, je peux tomber, je ne suis pas immortelle.

Je suis comme le rouge-gorge, creigna lou fred et lou caou[1].

— Tu es sûrement un drôle d'oiseau. Je t'ai vue cracher et médire.

— J'ai craché contre le veuf. Ça ne fait de mal à personne.

— De quel veuf parles-tu ? demanda Valentine qui croyait à un être de légende.

— Mais d'où tu es ? Le veuf, tout le monde le connaît. Enfin quand je dis tout le monde, je parle de ceux qui vivent entre Belgentier et Cuges, des signois, des beaussetans, des vignerons de Saint-Anne et des maquignons du Beausset. Le veuf, je crois bien qu'il est même connu des chasseurs de la Cadière et du Brulat qui viennent traquer les cochons sur Siou-Blanc.

Victorine aimait le bavardage. Elle esquissait des gestes qui se faisaient brusques lorsqu'elle évoquait le veuf. Ce dernier s'appelait Cendre Mosset et commandait le clan des Limatiers. On le disait plus têtu qu'un bouc dont il avait l'apparence, plus méchant qu'une teigne car il pelait ses voisins par la force et la ruse.

— Et avare avec ça ! Tu vois ce gouffre, eh bien, on dit qu'il y a jeté sa quatrième femme. Les trois premières sont mortes attelées à la charrue. Celle-là, dit la bavarde en désignant les profondeurs, il l'a envoyée directement en enfer parce qu'elle était stérile. Tu penses, stérile ! Avec les trois premières, il a eu deux filles. Pas de garçon. C'est son déses-

1. Je crains le froid et le chaud.

poir. Ma tante Marthe l'a aidé, mais il n'a jamais voulu payer le solde. Voilà pourquoi je crache dans ce trou.

Valentine aurait voulu s'en aller loin de l'abîme de Maramoye. Une femme y avait été précipitée. L'angoisse la boutait par des ruades à répétition chaque fois que son œil déviait vers le trou. Son cœur battait plus vite.

— Peureuse, lâcha Victorine qui s'en aperçut. Que veux-tu qu'il t'arrive ? Les fantômes ne sortent pas en plein jour et les démons n'ont que faire de filles comme nous. Il existe des endroits bien plus dangereux sur la commune. Tu as entendu parler des avens de la Brèche et du Palan ?

Valentine fit non de la tête.

— ... Et de celui de Cyclopidus ?... du gouffre de la Solitude ? du Sarcophage ? de la faille des Trois Marins ?

À chaque question, Valentine répondait négativement alors que la voix de Victorine baissait. On sentait qu'elle citait des lieux maudits et hantés. Et sa voix se fit murmure :

— Et de l'Abîme des Morts qui est après la ferme abandonnée des Guillerets ? C'est un endroit interdit, ma tante refuse de m'y emmener.

Victorine se tut, le regard dans le vague. Valentine se disait qu'elle venait de rencontrer la plus étrange des petites filles. À la réflexion, elle n'était pas si jeune que cela. Elle pouvait avoir dans les douze, treize ans. Sa silhouette menue trompait. Mais le regard était celui d'une femme d'expérience. Il ne pétillait pas d'un éclat juvénile, il brûlait d'une flamme ancienne.

— Va-t'en vite! dit soudain Victorine. Elles arrivent. (Elle poussa Valentine et lança tout bas :) On se reverra, avant de s'écarter de l'abîme.

Valentine fut trop heureuse de quitter les abords de Maramoye. Elle s'enfonça dans les buissons épais et guetta la venue des parentes de sa nouvelle amie.

Là-bas, contre le vert sombre des ronçaies, quelqu'un arrivait : une femme, avec un long bâton et un fichu noir, se confondant avec l'environnement, car sa robe était brune et son chemisier de coton, olive. Elle portait un grand sac à l'épaule, bourré d'herbes. De longues tiges semblables à des flèches sortaient de ce carquois, donnant l'impression d'une chevelure.

— Que fas? gronda la nouvelle venue en voyant Victorine trottiner, le regard au ciel.

— Rien, ma tante. J'ai parlé au Maramoye pour qu'il gratte un peu le corps du veuf.

— Ah! Celui-là, répondit la femme en levant son bâton. Ai fach que rava touto la nuech[1] qu'il avait les couilles sèches et la bourse plate!

— Alors cela se réalisera, ma tante, dit Victorine.

— Dis-moi, viens ici, regarde-moi dans les yeux, c'est ça, bien au fond. Tu me caches quelque chose.

— Je n'ai rien à cacher, mentit Victorine.

— Hum...

1. Je n'ai fait que rêver toute la nuit.

La fillette résista à l'examen. Perplexe, la femme observa les alentours. Valentine se tassa quand les yeux enfoncés qui brillaient comme les tisons d'un poêle frôlèrent l'endroit où elle se tenait.

— On rentre à Signes la Noire ! ordonna la femme en tendant son bâton de marche vers l'horizon.

Elle devait avoir plus de cinquante ans. Menton pointu, nez en forme de serpe, corps maigre, elle était tout en angles. Sa peau semblait de cuir et sa face brune, que des rides profondes labouraient, inspirait un sentiment proche de l'effroi.

Une autre femme les rejoignit. Ce devait être la cousine. Bien que plus jeune, elle aussi était vêtue de sombre. Il y eut une altercation entre Victorine et cette dernière, mais Valentine était trop loin pour saisir le sens. La vieille les menaça de son bâton et elles disparurent sous les feuillages.

Trop longtemps retenue, la respiration de Valentine fusa comme après une course. Elle n'aurait pas aimé être découverte par la tante de Victorine. Cette chouette avait le mauvais œil.

7

Le premier lapin alourdissait la biasse. Elle l'avait attrapé non loin du vallon de Carnaval où étaient disposés ses premiers pièges. Depuis elle avait essaimé ses collets selon un arc de cercle qui épousait la forme des collines bordant le nord du plateau. Le terrain s'élevait. Valentine chercha un coin pour se reposer. Elle avait faim. Deux heures auparavant, elle avait dévoré son pain. La soif la tenaillait. Sans gourde, on souffrait sur Siou Blanc. Elle croyait trouver de l'eau, une mare, un ruisseau, mais il n'y avait pas trace d'humidité sur le sol, pas une mousse. Cette terre devait boire en un clin d'œil toutes les pluies. À présent, elle était trop loin du puits perdu de Signes. Trop loin de tout et trop au nord. Elle défit les cordons de la biasse et prit le lapin par les oreilles. Il pesait trois livres. Son pelage était roux, soyeux, sans défaut. Elle l'estima à onze sous.

— Cinquante centimètres de dentelle de Bruxelles, dit-elle tout haut.

Elle pensa à nouveau à la robe qu'elle ne désirait plus rose, mais d'un jaune pareil à un ruissellement de rayons adoucis par la brume d'un matin de printemps. Elle passa en revue les boutiques qu'elle connaissait. Les deux d'Aubagne, celle de Brignoles où les modistes vous attendaient derrière des pyramides de coupons. Elle se souvint, bien que ce soit lointain dans sa mémoire, des galeries à Marseille avec leurs vitrines éclairées par des globes de verre dépolis. Sur le fond précieux des décors en acajou, les robes attendaient les coquettes de la rue de Rome.

Valentine n'y était jamais entrée. Elle ne faisait que passer avec son père et sa mère lorsqu'on allait vendre l'huile aux pharmaciens. Mais elle imaginait l'intérieur de ces cavernes avec de larges comptoirs de marbre, des banquettes de velours et des colonnades de marbre. Tout l'Orient et toute l'Afrique déversaient leurs soies et leurs cotonnades à Marseille, les plumes, les pierres précieuses, l'or et l'ivoire, le lin et l'alpaga, le musc et le jasmin s'entassaient par caisses et ballots sur le port. Il y en avait pour des millions de francs. Valentine, elle, avait besoin de dix francs. Vingt peaux de lapin. Elle rangea sa prise dans le sac et reprit le chemin des crêtes. Elle devait être proche des terres des Limatiers. Elle ne s'en souciait pas. Elle avait eu sa part de danger à Maramoye. Quel risque pouvait-elle encourir avec des paysans ?

Après avoir parcouru une centaine de mètres, elle atteignit le ciel. L'autre versant appartenait aux Limatiers. Limate, la beauté du paysage lui coupa le souffle. Entre la tête de la Paillette, la tête de la Commune et la Grosse Tête, les champs cultivés s'étiraient. Avec leurs milliers de sillons, ils formaient une étoile qui rayonnait jusqu'aux pieds des trois têtes rocheuses. Au cœur de la cuvette, entourée par une dizaine de petites fermes, une longue bâtisse, le cul tourné côté mistral, dominait les enclos où vaches, porcs et chevaux se mêlaient aux poules et aux oies. Valentine se demanda comment ils palliaient le manque d'eau.

Elle résolut la question en observant la pente nue qui descendait vers la vaste cuvette. Par endroits, il y avait des espaces couverts de pierres plates se chevauchant comme les tuiles des maisons. Les Limatiers avaient posé ces sortes de toits sur de grandes superficies. Ils récupéraient ainsi les eaux de pluie qui, par un système de rigoles, se déversaient dans des citernes. Elle en fut émerveillée. Elle ne comprenait pas pourquoi on craignait des hommes et des femmes qui avaient pu bâtir et conserver ce morceau de paradis. Elle suivait des yeux leurs silhouettes entre les labours et les champs de pommiers, le long des larges chemins qu'ils foulaient d'un pas lent, le béchard à l'épaule. Les enfants jouaient autour des fermes, les mères arpentaient les potagers, le panier à la hanche, les chiens se poursuivaient au milieu de la volaille et on entendait les glapissements, les aboiements, les appels et les cris des uns et des autres. La soif décida Valentine. Elle quitta son observatoire avec l'intention de demander de l'eau à l'une de ces femmes. Elle sauta de rocher en rocher, puis de restanque en restanque avant de longer d'un pas hardi une rigole qui conduisait à la plus proche des citernes. Un garçon d'une douzaine d'années juché sur un vieux canasson la vit. Il siffla. L'appel strident alerta la marmaille. En quelques secondes, une barrière de gosses s'éleva entre Valentine et la citerne.

Valentine leur adressa un sourire. Pourtant le cœur n'y était pas. Elle s'était forcée. La bande pouilleuse la mettait mal à l'aise. Les plus petits n'avaient aucune grâce, les grands paraissaient teigneux; les filles débraillées la regardaient en grimaçant. Ils se ressemblaient étrangement, tous avec des têtes un peu trop grosses, des lèvres épaisses, toutes sortes de défauts. Valentine avait connu des familles abâtardies à Auriol et à Rougiers, des enfants nés de générations qui avaient refusé de renouveler leur sang.

— Qui c'est celle-là? lança une gringalette.

— Je me pense qu'est une voleuse! conclut la plus grande qui avait une tignasse à poux descendant jusqu'au dos.

Elle eut l'approbation muette des garçons. Celui qui était à cheval ajouta :

— Elle est pas très grosse, peut-être que lou charpin lou devoro [1].

La gratelle, voleuse. Ils l'insultaient. Elle répliqua.

— J'ai peut-être lou charpin, mais je n'ai pas des morpions, des puces et des tiques. Dieu me garde de vous toucher la main et de boire votre

1. La gratelle la dévore.

eau, il faudrait m'emmener dans la grotte de Marie-Madeleine pour me guérir.

Ces mots lâchés comme des balles de fusil les stupéfièrent. Et ils étaient si immobiles que les poules commencèrent à venir picorer entre leurs jambes. Ils ne savaient pas encore s'ils devaient la lapider ou la laisser puiser de l'eau. La décision appartenait aux aînés. Les petits attendaient. On n'allait pas s'en laisser conter par une estrangère. Les grands n'eurent pas à trancher ; une femme au visage énergique arriva à la tête de Limatières. Tous s'écartèrent :

— La Jacquy, faites gaffe ! dit une fille.

Jacqueline Mosset dite Jacquy, fille aînée du patriarche Cendre Mosset, attrapa l'impudente par le col.

— Gaffe ! J'aime pas ce mot ! Il est pas de chez nous. Tu mériterais que je te pende au ganfou ! Ça oui, comme le pauvre Simians !

Les enfants baissèrent la tête. La fille que la Jacquy tenait entre ses mains avait visiblement peur. Le ganfou, sorte de croc de fer qu'on suspendait aux poutres, avait sinistre réputation. Simians s'y était pendu la corde au cou et bien d'autres avant lui. C'était une tradition qui remontait à la nuit des temps, à une époque où les Celto-Ligures considéraient que c'était une mort honorable.

Sa volonté imposée, la Jacquy lâcha sa proie et apostropha Valentine avec un regard de dégoût :

— Qui c'est cette souillon ? D'où viens-tu ?

— Souillon toi-même !

La Jacquy affecta de n'avoir rien entendu, mais

à la façon dont elle serra les poings, tous comprirent qu'elle avait été touchée par l'estrangère. Elle était grande, assez charpentée mais belle. Son visage plein aux pommettes saillantes respirait la santé. Le regard bleu dur ne quitta pas un instant celui de Valentine. Avec son chignon traversé d'aiguilles dorées, ses bracelets et les deux broches qu'elle portait au corsage, sa robe de coton imprimée de fleurs bleu pâle ressemblant à des mimules, elle en imposait. Les autres femmes traînaient leurs robes usées, et les anneaux d'or cerclant le doigt du mariage n'étaient pas un signe de coquetterie.

— Qui que tu sois, dit enfin la Jacquy qui avait fini par digérer la réplique de Valentine, retourne d'où tu viens et ne remets jamais tes pieds crasseux chez nous sinon on t'envoie les chiens !

Valentine leur tourna le dos et s'en alla sans se presser. Elle avait sa fierté. Pourtant, elle sentait la menace. Quarante paires d'yeux mauvais suivaient sa progression sur la pente. Elle entendit même des voix d'hommes. Les paysans avaient quitté les champs les plus proches pour défendre leur progéniture. L'un d'eux alla jusqu'à souffler dans une corne de chasse. Le mugissement inquiéta Valentine. Malgré elle, elle fit de plus grandes enjambées. Quand elle parvint au sommet, le clan s'était réuni devant la bâtisse principale. Elle reconnut la Jacquy qui gesticulait face à un géant en tricot. Il avait les cheveux gris, ce devait être le maître des limatiers, le fameux veuf sur qui crachait la petite Victorine. Il dissipa son monde d'un geste de la main comme s'il balayait des insectes et rentra chez lui, laissant la Jacquy penaude sur l'aire à blé que la volaille envahissait à nouveau.

« Tu t'en tires bien, ma fille », se dit Valentine en dévalant du côté de l'adret.

Elle avait fait sa mauvaise rencontre. Elle avait pris un lapin. Si la petite voyante de Maramoye ne se trompait pas, deux autres allaient rejoindre le premier dans la biasse.

La viande avait requinqué les Bonifay. Deux des trois lapins avaient été dévorés, l'un sur ses rameaux de romarin, l'autre roulé dans son lard. Le troisième mijotait dans le chaudron au troisième jour de l'édification du four. Valentine n'était plus retournée dans les collines. Le four était prioritaire. Elle aidait son père.

— Tu vois, c'est ici qu'on dépose le malon horizontal, dit Joseph.

Le malon vernissé était l'une des parties importantes du four. Sur sa surface coulerait l'huile. Valentine observa la façon qu'avait son père de placer le malon. À l'œil, il paraissait horizontal. En fait il s'inclinait vers l'extérieur selon deux ou trois degrés. Elle tenait cinq tuiles entre ses bras. Ces téoules cuites au fourneau allaient constituer le fond de l'entonnoir. Le père caressa le malon du bout des doigts quand il estima que la position était la bonne.

De nouveau, il rêvait de bénéfices, d'une parcelle de terrain achetée, d'une maison payée comptant et pourquoi pas d'un magasin, une droguerie-épicerie dans les faubourgs de Marseille. Propriétaire, il se serait senti plus digne et plus instruit. Propriétaire, il ferait donner des leçons de lecture et d'écriture à ses enfants. Une fille instruite était plus facile à marier à un riche parti. Quand il leva les yeux vers Valentine, cette dernière le trouva bizarre, travaillé par elle ne savait quelle spéculation qui lui donnait un air béat.

— Passe-moi les tuiles et va en chercher d'autres.

Elle posa son fardeau aux pieds de Joseph et alla vers le tas de tuiles que le père avait « empruntées » sur les ruines des Croupatières. Le va-et-vient dura une demi-heure, puis se poursuivit avec les briques. Valentine se cassait les reins. Mais elle ne pensait pas à la douleur, elle charriait son faix sans rechigner. À chaque voyage, elle avait vu s'élever l'amphithéâtre de tuiles, à présent les briques formaient la base de la chambre de distillation. Trois étages avaient été montés.

Maryse s'était jointe aux deux bâtisseurs. Elle préparait au fur et à mesure le liant pour les briques. Les mains dans un seau de fer-blanc, elle pétrissait l'argile et le crottin de Babi après avoir versé deux gobelets d'eau.

— La bouse de mulet est meilleure que celle du cheval, dit-elle à son mari qui puisait au fur et à mesure dans le seau.

— La merde de percheron, y a rien de mieux ! répondit-il en reniflant la noix brune et suintante qu'il avait au creux de la main.

— Tu n'es jamais content !

— Quand on fait les choses, on les fait bien. Mon arrière-grand-père, que Dieu le bénisse, construisait des fours qui tenaient vingt ans avec du crottin de cheval de trait et de l'argile d'Auriol ; c'est ce qui résiste le mieux au feu avec les briques réfractaires. Si les autres cadiers savaient que je me sers de ce caca-là, je serais la risée de toute la Provence. Enfin, ils n'en sauront rien. Quand je pense qu'on aurait pu avoir des sacs de fumier... Il suffisait de demander au baron.

— Ça non ! Ils nous ont déjà trop donné !

Maryse avait presque crié, ce qui surprit Joseph. Le crottin séchait par quintaux dans la plaine de Chibron. Le baron jugeait inutile de le ramasser et chacun pouvait se servir. Il allait argumenter, mais Maryse ne lui en laissa pas le temps.

— Tu n'as donc plus aucun scrupule, plus d'honneur ? Tu crois que notre petit Pierre est une monnaie d'échange ? Bientôt, on devra tant à ces nobles qu'ils ne voudront plus nous le rendre ! Oh, je ne dis pas que ce ne sont pas de braves gens, mais ils sont riches et nous sommes pauvres. Ils ont la loi pour eux et nous n'avons que des larmes et des prières. Tiens ! fais-le toi-même, ton liant !

— Maryse...

Il essaya de la retenir. Ses mains glissèrent sur le bras de sa femme. À défaut d'être un bon liant la merde argileuse agissait comme un lubrifiant et, sa deuxième tentative ayant échoué, il abandonna. Maryse partit d'un pas rapide vers le cabanon sous le regard apitoyé de Valentine.

— J'ai rien dit de mal, fit Joseph en prenant sa fille à témoin.

— Maman a raison. On n'est pas des mendiants !

— Les Bonifay n'ont jamais mendigoté ! Les Guillibert nous aident et nous saurons nous acquitter de leurs dons quand l'huile coulera... Mais pour cela, ma belle, il faut que je termine la chambre de distillation. Eh ben, j'ai pas assez de briques, c'est comme ça et pas autrement. Si on veut de l'huile, il faudra les demander au baron et comme je ne peux pas compter sur ta mère et que le bonhomme m'a dans le nez, c'est toi qui vas te rendre à la Bastide Basse.

— À la Bastide Basse ?

Le visage de Fabien Fabre s'imposa soudain à elle. Elle se mit à rougir. Le père la trouva bien sotte et prude.

— Capoun de Diou ! Je ne te demande pas d'aller à la préfecture de Draguignan.

— Mais c'est une affaire d'hommes ! dit Valentine qui pensait déjà à la robe bleue et aux rubans.

— Quand tu veux, tu es plus redoutable qu'une fouine. Salue le baron, puis aborde le sujet avec sa sœur. Après tout, tu as bien le droit de voir ton frère. Tu leur diras combien il nous manque et que nous sommes tristes, mais n'insiste pas trop sur la question. Je ne veux pas qu'ils nous le rendent...

Joseph glissa un regard vers le cabanon dans lequel Maryse avait disparu. Heureusement qu'elle ne l'entendait pas.

— ... Une bouche de moins à nourrir, c'est autant de gagné.

Valentine était révoltée. Elle ravala sa rancœur. Elle voulait se rendre au plus tôt à la Bastide Basse et ce n'était pas le moment d'envenimer les rapports avec le père, au risque de le voir changer d'avis.

— Je ferai comme tu le dis.

— Merci, fillette!... Mais ne parle pas des briques dès le début. Laisse-les te questionner et s'apitoyer.

Joseph s'enflammait. Peu à peu, il considérait cette démarche comme un jeu. Valentine et Pierre étaient deux bonnes cartes, le baron un beau pigeon et lui le joueur chanceux.

Avant de se remettre à la tâche — il avait assez de briques pour la journée — il contempla sa fille qui courait vers la masure. Décidément, il ne comprenait rien aux femmes. D'habitude, il ne tirait rien de Valentine et obtenait tout de Maryse. Aujourd'hui, c'était le contraire.

Quand elle réapparut, toute de bleu vêtue, deux rubans dans les cheveux, la satisfaction se peignait sur les traits mous de Joseph. Maryse était sur les pas de sa fille. Quand elle en eut fini avec les mises en garde, les recommandations de politesse et d'honnêteté, elle lança un regard de mépris à Joseph. Il n'en fut pas troublé. Une seule chose importait : gagner. Gagner par tous les moyens! Il entreprit de monter la troisième rangée de briques et se dit qu'avant le jour du Seigneur tout serait terminé.

8

La plaine de Chibron était immense. Elle courait de la bosse du Peycaou aux contreforts rocheux de Sainte-Croix. Elle aurait paru plus grande encore s'il n'y avait eu la Sainte-Baume calée au nord. Valentine embrassa le paysage d'un regard. Dans sa veine de verdure, le Latay creusait son cours. Après avoir bondi de cascade en cascade, il serpentait sur huit cents mètres environ entre les berges plantées de roseaux et de ronces avant de plonger sous le pont de pierre vers le village de Signes. Sur cette terre obéissant à la volonté des pluies et aux caprices du mistral, les chevaux du baron vivaient en totale liberté. Lorsqu'elle franchit le Latay à gué, tout un troupeau aux robes sombres vint à sa rencontre. Valentine avait toujours eu de l'appréhension envers ces animaux, mais ceux-là étaient différents. Fabien Fabre les soignait, leur parlait.

— Que Dieu vous épargne la guerre, leur dit-elle.

Elle ne pouvait supporter l'idée de voir les bêtes

mêlées aux querelles sanglantes des hommes. Elle ne savait pas lire, mais elle avait vu des gravures de batailles où chevaux et soldats s'entassaient entre des rangées de pieux et de baïonnettes. La guerre était heureusement loin. Son père le disait souvent : « Avec le nouveau chef du gouvernement, Émile Ollivier, la paix est assurée pour dix ans. »

L'avenir semblait donner raison au père. Depuis les élections de mai-juin [1], l'Empire s'humanisait, les bonapartistes se disaient libéraux, l'empereur préférait les bals de la cour aux parades militaires. Les braves chevaux du baron ne risquaient rien. Au pire, ils allaient tracter des calèches et des omnibus sur la Canebière. L'un d'eux vint se frotter à la jeune fille et elle lui flatta le col avant de prendre le chemin de la Bastide Basse.

Quand elle aborda la barrière du pré qui jouxtait la propriété, Pierre s'écria :

« C'est Valentine ! c'est ma sœur !

Il écossait des haricots avec mademoiselle Anne et la grosse Cécile et il sauta par-dessus la bassine pleine de graines pour se précipiter vers sa sœur.

Valentine ne put s'empêcher de courir. Elle l'attrapa au vol, et le fit tournoyer tandis qu'il faisait pleuvoir des baisers sur son visage.

— Oh ! mon pitchoun, mon Pierre, qu'est-ce que tu m'as manqué ! Mais tu es lourd ! Tu sens bon ! Un vrai cochonnet parfumé, mon frère.

Lui riait, tirait sur les cheveux de sa sœur. Quand elle le déposa sur le sol, Anne et Cécile qui

1. 1869.

étaient venues à sa rencontre les contemplaient, attendries par l'amour que se portaient ces deux beaux enfants.

« Lorsque tu rencontreras la demoiselle, avait dit Maryse, tu feras une révérence. »

Valentine ignorait tout des révérences, elle plia un peu les jarrets et inclina sa tête vers l'avant. Sa marque de respect tenait à la fois de l'acceptation d'un ordre par un majordome et d'un gymnaste qui fait jouer les articulations de ses genoux.

— Qu'est-ce qu'elle nous fait ! s'exclama Cécile. Embrasse-nous, nigaude !

L'imposante cuisinière se saisit d'elle et lui plaqua deux baisers sonores sur les joues. Mademoiselle Anne se contenta de lui effleurer le front des lèvres.

— Apporte-nous des tranches de pain et de la confiture de fraises, dit Anne à Cécile.

La baronne entraîna Valentine et Pierre sous une tonnelle ombragée de vigne vierge. Elle leur désigna une banquette de fer forgé couverte de coussins. Des bleus, des blancs, des rouges qui rappelaient les couleurs du drapeau français. Ils s'assirent et attendirent sagement d'être servis. Valentine ne savait pas comment se tenir. Elle acceptait tout ce qu'on lui présentait d'un hochement de tête et d'un sourire. Elle avala deux grosses tranches de pain dégoulinantes de confiture, des gâteaux secs, trois barres de chocolat et deux tasses de café. Jamais elle n'avait été aussi gavée en milieu d'après-midi.

Elle était tout émue par le goût du chocolat

qu'elle retrouvait. La saveur du cacao lui rappela les fêtes de Pâques 1862 ; elle avait dix ans. Grand-père Marius avait sorti une tablette Menier de sa vareuse, un trésor enfermé dans du papier d'argent.

« C'est du chocolat, une invention des Aztèques d'Amérique, tiens, ouvre la bouche et ferme les yeux. »

Le carré qu'il lui avait déposé sur la langue s'était mis doucement à fondre et c'était si bon qu'elle avait essayé de le conserver le plus longtemps possible. Il y eut d'autres carrés dans les jours qui suivirent l'année de ses dix printemps, mais ce luxe ne se renouvela pas. Grand-père était tombé malade...

— Avez-vous terminé le four ? demanda mademoiselle Anne.

— Presque, répondit Valentine.

Elle faillit ajouter : Il nous manque des briques, mais elle se mordit la langue. Elle éprouvait les mêmes pudeurs que sa mère. Le mot « mendiante » trotta dans sa tête.

— J'aimerais bien connaître le secret des cadiers, avoua la baronne. Ils tirent de l'huile sans la faire brûler. Tu dois en savoir beaucoup sur ce mystère, n'est-ce pas ?

— Je saurais faire de l'huile, répondit Valentine, enfin je crois. Le plus dur, c'est de lire dans la fumée.

— Lire dans la fumée ? s'étonna mademoiselle Anne.

— C'est comme ça que mon père a une idée des températures à l'intérieur du four ! intervint Pierre.

— Tais-toi ! dit Valentine.

Elle lui lança un regard sévère. Les secrets, ça ne se disait pas. Les bergers lisaient dans les étoiles, les charbonniers savaient interroger l'humus des forêts, les glaciers pactisaient avec le mistral, chacun avait ses secrets et les gardait jalousement. La baronne n'insista pas. La conversation dériva. Elle en vint au petit Pierre.

— Pierre est déjà guéri. Il est solide...

— Vous allez nous le rendre ?

— Je préférerais en parler avec tes parents.

— Vous voulez encore le garder ? s'inquiéta Valentine en prenant la main de son frère.

— N'est-il pas bien avec nous ? Il a tout ce qu'il veut, on le gâte.

— Leis enfants gastas fan souvent seis muratiados [1] !

Valentine devenait agressive. Oubliées les politesses. Oubliées les briques. Ces nobles renouaient trop facilement avec les anciens privilèges. Elle avait une vague idée de la révolution, mais sur le moment elle en souhaita une qui balaierait les vieilles castes royales et les nouvelles familles anoblies par l'Empire.

Mademoiselle Anne demeura sereine. Elle comprenait la jeune fille, mais elle connaissait bien les terres élevées de Siou Blanc. Il fallait être Limatier ou bagnard en fuite pour vivre sous les coups de

1. Les enfants gâtés boudent et rechignent très souvent.

grêle, avec le froid, les loups et les sorcières. Là-haut, tout devenait une cause de ruine et de maladie et on ne comptait plus les fermes abandonnées entre Colle Vieille et Roucas Traoucas.

— Êtes-vous bien installés ? demanda-t-elle brutalement à Valentine.

— C'est que...

— Le toit est fait de branches et des chiffons couvrent les fenestrons. En guise de porte, vous calez des fascines... Je sais tout cela, j'ai demandé à Fabien un compte rendu sur votre installation pas plus tard qu'hier soir. Et si vous ne l'avez pas aperçu, c'est qu'il s'est montré discret conformément à mes désirs. Il n'est pas bon qu'un petit garçon comme Pierre vive dans des conditions pareilles. Et ce n'est pas bon non plus pour toi, ma fille. Tu ne veux pas que ton frère devienne infirme, qu'il ressemble aux fils ignares des Limatiers ? Il ne sait même pas lire, et toi ?

Valentine rougit. Elle savait tout juste déchiffrer son nom et son prénom. L'errance et les rapports qu'ils entretenaient avec les populations locales forçaient les Bonifay à vivre en solitaires, loin des presbytères où il était possible d'envoyer trois fois par semaine ses enfants apprendre à lire et à écrire. On ne parlait pas d'instruction publique, surtout pour les filles, et Valentine ignorait tout de la loi Falloux de 1850 qui obligeait les communes de huit cents habitants et plus d'entretenir une école primaire de filles. Ce manque était vécu comme une tare. Valentine baissa la tête. Mademoiselle Anne n'insista pas et revint au cas de Pierre.

— Il faut que ton frère aille à l'école de Signes. S'il demeure à Siou Blanc, cela lui sera impossible. Trop de dangers le guetteraient sur le chemin qui mène au village. Il y a deux ans, les loups ont attaqué les bergers de Danjean le Vieux.

Cécile qui était revenue avec des provisions renchérit :

— Ces sales bêtes ont dévoré une vieille jument au printemps.

— De nos jours, sans instruction, continua Anne, on est condamné à servir les autres. Je suis sûre que tes parents voudront faire de ton frère un commis d'administration.

Valentine ne trouva rien à redire. Elle voulait le bonheur de Pierre. Aller à l'école était une chance inespérée. Devenir commis appartenait au domaine du rêve. Un employé des postes ou des chemins de fer gagnait au moins cinq francs par jour. Il avait l'assurance d'un travail toute sa vie, ses dimanches libres et la certitude de ne jamais entendre hurler les loups affamés.

— Tiens, voici notre baron! s'exclama Cécile avec ironie.

Mademoiselle Anne murmura :

— Enfin.

Monsieur de Guillibert revenait de Marseille où il avait passé la nuit. À la façon dont il menait les deux alezans tirant son coupé deux places, on devinait qu'elle avait dû être blanche et bien arrosée. Une fois par mois, il avait coutume de s'encanailler à Marseille. Il en rapportait l'haleine sulfureuse des bordels ainsi que des maux de tête.

Mademoiselle Anne se demandait qui il pouvait côtoyer dans ces lieux de débauche car après ces virées il avait la bouche pleine de formules révolutionnaires.

Le cœur de Valentine fit un bond. Monté sur un cheval noir, Fabien Fabre venait d'apparaître sur le chemin. En un galop rapide, il rattrapa la voiture et salua le baron. Puis il excita sa bête des talons. La crinière noire se dressa comme une aile et, après un galop et un saut de barrière, le cavalier fit se cabrer sa monture devant les quatre spectateurs. Il mit pied à terre, s'inclina devant Valentine et installa Pierre en selle.

— Il nous revient comment? demanda mademoiselle Anne qui n'avait pas quitté des yeux le coupé un seul instant.

— Je crois que Cécile peut préparer sa tisane miracle.

— Le vilain bougre! dit Cécile.

Elle avait l'habitude. Quelques feuilles de reine-des-prés, de mélisse et des fleurs de camomille en infusion entraient dans la composition de l'une des potions anti-migraine qu'elle concoctait pour son maître. Souvent, sa tisane ne suffisait pas. Il fallait aussi calmer les brûlures d'estomac du fêtard avec du jus de pomme de terre. Tout en ruminant des jurons, elle partit d'une démarche chaloupée vers ses cuisines.

Le baron arrêta sa voiture près du puits et, sous le regard furibond de sa sœur, s'aspergea le visage d'eau. Avant qu'elle entame son sermon, il l'arrêta d'un geste de la main :

— Ne commence pas ! Je t'en prie. Je suis mal fichu. Bonjour, mademoiselle, lança-t-il avec entrain en apercevant soudain Valentine.

La jeune fille lui offrait une diversion. Il l'accabla de questions en évitant soigneusement le regard d'Anne. Aux reproches muets de sa sœur, vinrent s'ajouter ceux de Cécile. La cuisinière revenait avec une tasse fumante qu'il avala quasiment d'un trait.

— Monsieur sent la cocotte ! dit Cécile qui n'avait pas la retenue d'Anne.

— On va à grands pas vers la faillite du pays, dit Charles de Guillibert.

— Et puis ce ne sont pas des cernes de pénitent que monsieur porte ! continua la cuisinière.

— Paris et les Tuileries mangent le pays. Vous verrez, tout cela finira dans un bain de sang quand l'Association internationale des travailleurs dressera des barricades dans nos villes. Et moi, j'y serai !

— Espérons qu'il n'y aura pas trop de travailleuses du Panier sur vos barricades.

Cécile, porte-parole de mademoiselle Anne, enfonçait le clou. Le baron ne réagissait pas. Il en était ainsi depuis des années. Autrefois, il essayait de se justifier et déclenchait alors des tempêtes auxquelles se mêlait Anne. Les reproches partaient comme des balles de fusil et il dressait des barrières de mots, se justifiant mal, allant jusqu'à dire qu'il fallait bien amuser les clients après avoir traité une vente de chevaux. Il changea de stratégie le jour où Anne versa sur lui une casserole d'eau bénite en priant saint Antoine d'inspirer « ce pauvre Charles ensorcelé par les mondaines de la Canebière ».

Valentine restait sur la réserve. Ce duel la gênait. Elle se sentit libérée quand la Cécile, lassée, s'en alla bougonner dans la bastide. Le baron fit alors un clin d'œil à Fabien.

— Tu raccompagneras mademoiselle Valentine jusqu'au vallon des Croupatières ! La route est pleine de Limatiers qui reviennent du marché de Cuges.

Elle regarda Fabien. Il avait hoché la tête. Il contemplait les hauteurs de Limate, semblant projeter son esprit sur les chemins escarpés. Il siffla son cheval. La bête vint aussitôt frotter ses naseaux contre son épaule. Il lui parla tout bas, en une véritable communion avec l'animal. Valentine s'empara de cet instant et de leur image et en fit, malgré la présence des Guillibert, malgré les bruits de la basse-cour, un instant d'intense recueillement. Rien ne pouvait plus la toucher, ni la lumière aveuglante du soleil, ni les mouvements du troupeau, ni les dindons jabotant, ni les poules caquetant, ni les regards attendris du baron et de sa sœur. Elle aimait cet homme. Il était si différent de ceux qu'elle avait rencontrés. Il ne prenait pas des airs de bravache. Il ne cherchait pas à la séduire en roulant des épaules et des yeux.

Vint le moment du départ. Mademoiselle Anne l'embrassa, Charles eut quelques mots gentils pour ses parents et Cécile accourut avec un sachet de nougats.

— Ce sont les premiers de la saison, dit-elle. Monsieur Fouques nous les a fait porter hier soir. Tu verras, ils fondent sur la langue et te mettent des abeilles et des fleurs plein la tête.

Pierre fut le dernier à l'embrasser. Il ne paraissait pas triste de la voir partir. Cependant, il l'appela quand elle rejoignit la route carrossable.

— C'est un bon garçon, dit Fabien.

— Il me manque beaucoup. Vos maîtres auraient dû me le rendre.

— Je n'ai pas de maîtres. Le baron déteste ce mot. Moi aussi ! Je ne me suis jamais loué à la journée ou à l'année. J'ai un contrat au pourcentage sur la vente des chevaux et j'améliore le quotidien en ramassant des fleurs séchées l'été et en chassant l'hiver.

— Pardonnez-moi ! Je n'ai pas voulu vous fâcher.

Il eut un franc sourire. Il n'était pas contrarié. Valentine éprouva alors le désir de se montrer totalement sincère comme elle ne l'avait ressenti auprès de personne, pas même de son grand-père.

— Pour mon frère, je crois que j'ai tort, avoua-t-elle. Mon petit Pierre sera bien mieux dans la plaine et il aura l'instruction.

Sa voix était émue et Fabien se sentait bouleversé par l'étrange tendresse que lui inspirait cette jeune fille aux yeux noirs. Ils marchaient côte à côte, lui menant le cheval par la longe, elle le rouge aux joues et le regard errant sur le paysage. La terre jaunâtre, comme de la poudre d'or, amortissait le bruit de leurs pas. Le silence était partout, dans le miel et la rousseur des arbres, dans le ciel où filaient, légers, des oiseaux. Valentine sentait battre son cœur et couler son sang dans ses veines. Elle n'osait plus parler. Elle évitait de tourner les yeux vers lui. Elle était désespérée par toute cette faiblesse qui l'envahissait. Et quand il lui demanda si elle désirait prendre un raccourci, elle hocha fiévreusement du menton, tant elle avait honte à l'idée que le son de sa voix la trahisse.

Le raccourci était un chemin étroit qui partait de l'ubac de Gaget. Ils furent obligés de se frôler. Par instants leurs coudes se touchaient, la robe bleue glissait sur la jambe de Fabien et le cheval entretenait cette intimité en soufflant un air chaud sur leurs nuques.

Valentine, habituellement si forte, capable de brandir un couteau, de tenir tête au plus dur des bergers, n'avait plus la force de grimper.

« Mon Dieu, faites qu'il ne me prenne pas par la main pour m'aider, sinon je m'évanouis. »

Elle pensait aussi le contraire. Elle ne voyait plus rien. Les grands espaces où se tordaient les chênes, les touffes de pissenlit qui attaquaient les chicorées avec leurs dents de lion, les nappes blanches des santolines, les fines scabieuses et les cistes veloutés, les plantes fauves et les racines noires ne parvenaient plus à la distraire. Toute son attention était accaparée par les caresses involontaires que lui prodiguait son compagnon. La pente devint moins rude, ils arrivèrent sous le Cros de Caget que le chemin contournait.

— On peut prendre le cheval, si vous le désirez.

Fabien avait ramené le cheval à leur hauteur ; il lui montrait la selle et il avait le regard un peu gêné. Valentine ne savait pas quoi répondre. L'esprit confus, elle essayait de maîtriser son cœur fou, le tremblement de ses jambes, sa respiration saccadée.

— D'ici à Maramoye, l'y a une fouerto estirado [1], ajouta-t-il en lui tendant la main.

C'était plus fort qu'elle, elle donna la sienne et le contact de leurs peaux nues fut comme une brûlure. Les doigts se nouèrent, le bras de Fabien s'enroula autour de la taille de la jeune fille. Il la souleva sans effort et la posa en amazone entre l'encolure et la selle. Dans le mouvement, le drap de la robe s'envola et le mollet apparut. Cette chair dévoilée alluma une flamme dans le regard de Fabien, mais il se maîtrisa. Il avait un sens profond de l'honneur et un grand respect pour cette fille des collines. Des femmes, il en avait connu. Au service militaire, avec le baron à Marseille. Des femmes fardées à la bouche peinte, des femmes à la gorge gonflée, à la croupe large, des femmes aux odeurs sucrées, aux bijoux lourds qui tintaient aux poignets et aux chevilles, des femmes qu'il payait et prenait sans joie. Valentine le troublait bien plus que toutes les créatures brûlantes du Panier. Aussi, lorsqu'il mit le pied à l'étrier pour enfourcher son pur-sang, il évita de se coller à elle. En vain. Au

1. Il y a encore une assez bonne traite à faire.

premier balancement de l'animal, Valentine se retrouva contre lui.

Elle se raidit quand il passa un bras devant elle pour tenir les rênes. Jamais, elle n'avait senti la poitrine d'un homme. Il épousait son dos de tous ses muscles. Quelque chose de nouveau et fort passa en elle. Elle demeura saisie avec tous ses désirs éveillés. Un point de feu gonfla dans son ventre et se propagea. Elle voulut résister à ces sensations. Elle récita même un « Je vous salue Marie » entrecoupé de « Ayez pitié de moi ». Après la prière, un irrépressible sentiment de culpabilité accapara son esprit. Les proverbes qu'elle détestait trottèrent dans sa tête : « De la mar naisse la sau et de la fremo lou mau. » « Qu' perde sa fremo e quinze soous, es dooumagi de l'argent[1]. » Ces mauvais propos, elle les tenait de son père. Elle ne croyait pas les avoir retenus. Cela la fit réagir.

— Je voudrais descendre, dit-elle, alors qu'ils n'avaient pas parcouru une demi-lieue.

— Si vous le désirez, répondit Fabien en mettant pied à terre.

Étrangement, il préférait cela. Il était tout aussi oppressé qu'elle et s'en voulait un peu de lui avoir proposé cette balade à cheval. Il la prit dans ses bras et la déposa à terre. Leur gêne était si visible qu'ils éclatèrent de rire.

— Ce n'est pas bien, dit-elle. Si mes parents me voyaient...

1. De la mer naît le sel et de la femme le mal. Qui perd sa femme et quinze sous, c'est dommage pour l'argent.

— Ils sont loin. Par contre, j'ai aperçu un renard et un gros merle. Des hommes, point ! Espérons qu'ils sauront garder le secret.

Tout en échangeant de gais propos, ils se prirent par la main, se laissant gagner par une molle béatitude. La peur était vaincue. Ils communiaient avec la splendeur calme du plateau de Siou Blanc, avec le mystérieux frisson des buissons et les mélancoliques rochers dressés en sentinelles. Alors qu'ils cheminaient et qu'il lui apprenait des choses sur le village de Signes, un son rauque déchira brusquement le silence.

— Non de Dieu ! jura-t-il.

— Qu'est-ce que c'est ?

— La corne de bélier des Limatiers.

Les Limatiers étaient proches. Ils ne revenaient pas uniquement de Cuges, mais aussi de Signes, du Beausset, de Belgentier et de Solliès. À la façon dont il lui serra la main, Valentine comprit qu'il les considérait comme des ennemis. À son tour, le cheval s'agita, dressa les oreilles, renâcla. Fabien le caressa.

— Allons, mon beau, calme-toi. T'ai-je laissé une seule fois à la merci de la vermine ?

— Sont-ils réellement dangereux, comme on le raconte ? demanda Valentine.

— Quelquefois... en bande quand ils ont bu... ou pour défendre leur territoire. Ils vivent hors du temps depuis des siècles. Ils ignorent tout des lois de l'Empire. Chez eux, l'ancêtre du clan est roi, prêtre et juge. Rien ne peut se faire sans son accord.

Fabien cessa de parler. Trois hommes débouchaient dans une clairière située à une centaine de pas du couple. Ils regardèrent autour d'eux et se baissèrent pour renifler le sol. Puis ils portèrent leur regard dans la direction de Valentine et Fabien avant de rebrousser chemin.

— Ils vont faire leur rapport au veuf, dit-il.

— L'avare qui n'a que des filles ?

— Vous connaissez son histoire ? s'étonna-t-il.

— Une étrange petite fille m'a raconté certaines choses sur lui.

— Une petite fille ?

— Oui, elle était au trou de Maramoye, elle s'appelle Victorine.

— La nièce de la Morin... Je préfère encore rencontrer les Limatiers que les femmes de Signes la Noire.

Il n'eut pas le temps d'en dire plus ; le convoi des paysans se montra. Deux grands chariots perçaient la garrigue, l'un chargé de poutres, l'autre de barriques. Leurs roues ferrées brisaient les pierres, cassaient les racines, soulevaient la poussière. Des hommes marchaient à l'avant et à l'arrière des véhicules, la tête baissée, les yeux fixés sur le bout de terre que leurs galoches allaient fouler. Ils avançaient comme des pèlerins possédés par le but qu'ils se sont fixé, indifférents au paysage, à la peine des chevaux. Valentine reconnut les trois éclaireurs de la clairière. Ils entouraient un gaillard à l'imposante stature et à la chevelure blanche. Lui allait la tête haute, promenant son regard sur le monde qui semblait lui appartenir. Il vit le couple et leva la main. Aussitôt le convoi s'arrêta. La poussière s'estompa. Tous paraissaient sortir d'un long songe en apercevant les deux intrus. Peu à peu, ils se rassemblèrent autour de l'homme à la chevelure blanche en marmonnant.

— Le veuf, dit Fabien.

Valentine l'avait deviné. Elle se demanda ce qu'elle aurait fait si elle avait été seule. À les voir ainsi, engoncés dans leurs peaux de bête et leurs vareuses rapiécées, les traits durs et les visages fermés, elle les comprenait mieux à présent. Elle savait que leur sévérité et leur férocité naissaient de la haine et de la peur. C'étaient des hommes qui avaient fui la civilisation, certains d'être anéantis s'ils ne partaient pas.

Elle devina aussi qu'ils voulaient des femmes obéissantes, soumises, et faibles. Des proies à mater et à dévorer. Elle se sentait la cible de tous ces regards. On la convoitait. Surtout le chef. Le veuf en fit sa chose, puis il siffla. Caché dans l'amoncellement de poutres du premier chariot, un chien dressa les oreilles. Il quitta la niche improvisée quand le maître l'appela :

— Lipaire ! Va, mon chien !

Et il désigna Fabien qui s'était avancé. Lipaire portait bien son nom. Cela voulait dire gourmand en français. Il était large, haut, pansu, jaune du museau à la queue. En quelques coups de pattes, il se retrouva face à Fabien, ramassé sur lui-même, le cou tendu et les crocs à l'air, fixant l'homme de ses yeux irisés de sang. Sa langue pendait et un long filet de salive s'étirait des babines retroussées à la terre. Valentine avait déjà une main sur le manche de son couteau.

— Il va attaquer ! dit-elle.

— Je sais. Un bon coup de botte dans la gueule l'assagira, répondit Fabien.

Elle en doutait. L'animal pesait bien cent trente livres. Soudain, une brusque détente de ses muscles le projeta vers la gorge de Fabien. Ce dernier l'écarta du poing et sauta sur le côté. Lipaire retomba devant Valentine. La jeune fille cessa de respirer. Le chien se mit à gronder. Ce fut alors qu'elle songea au nougat. En deux gestes mécaniques, elle ouvrit le sachet argenté et prit une friandise. Quelque chose s'alluma dans l'œil de Lipaire. Il pointa le museau et renifla. Quand elle jeta le nougat, il se précipita et le croqua. Elle en lança un second au loin, puis un troisième dans les broussailles. Le chien se mit aussitôt à explorer le terrain, passant très vite des cailloux aux ronces.

— Lipaire ! Lipaire ! ici ! Lipaire ! je vais te donner du bâton.

Le veuf s'égosillait. Le chien avala sa troisième sucrerie avant de rejoindre son maître. Il évita le soulier de ce dernier et se coula sous le chariot avant de s'asseoir enfin, paisible et rêveur.

— Mécréante ! Si tu as empoisonné mon chien, je te fais pendre au vieux chêne de la Male Gouargue.

— Mesure tes paroles, Cendre, il pourrait t'en coûter ! dit Fabien.

Le veuf gronda. Ses hommes firent un pas en

avant. On voyait briller des lames entre leurs mains ; deux d'entre eux sortirent des pistolets.

— Toi, tu n'es pas en mesure de l'ouvrir ! répliqua le veuf. Je suis chez moi ici.

— Chez toi ! Depuis quand ? La limite de tes terres passe toujours par la ligne qui va de la tête de la Paillette à la Grosse Tête, que je sache, et nous sommes sur le territoire du Fichu.

Le veuf contempla la Paillette d'un air dubitatif, puis se renfrogna dans le silence. Ses hommes attendirent. Dans les replis de leurs cerveaux épais, ils espéraient que Cendre Mosset, sixième du nom, finirait bien par les lâcher sur le Fabre et cette salope d'estrangère. Simplement pour l'exemple. Juste pour casser les os du garçon et bourrer la fille.

— Ça va ! Ça va ! laissa tomber le veuf. Allez au diable ! Quant à toi, la fille du cadier, que je ne te prenne plus à rôder près de chez nous, sinon...

Il allait faire le geste de se serrer le cou, mais il laissa retomber sa main. Fière et téméraire comme elle l'était, elle le troublait. Pour la première fois, il ne la toisa plus comme une estrangère mais comme un être un peu plus estimable.

Tous les Limatiers s'étaient tournés dans la direction du patriarche, abasourdis, désespérés et pourtant prêts à obéir. Un seul rechigna quand il commanda le départ. Un petit homme râblé aux jambes torses. Ce noiraud d'une trentaine d'années portait une barbe en éventail et un chapeau à large bord, mais l'ombre de ce couvre-chef miteux ne parvenait pas à atténuer l'éclat figé des yeux noirs qui fixaient Valentine sans retenue. Cette curiosité avide mit la jeune fille mal à l'aise. Comme il tardait à revenir dans les rangs, le veuf l'interpella :

— Louis ! On part !

— Ièsti peur la fille.

— Tu restes pour la fille ? C'est ce qu'on va voir ! répondit le veuf.

Tournant la tête, Louis le râblé aperçut sur sa gauche, dans le rond du soleil coincé au-dessus des collines, une ombre fugitive. Il cligna des yeux quand cette ombre s'abattit sur lui. C'était le bâton noueux du veuf. Il cria. Cendre Mosset le frappa cinq fois avec violence.

— Je vais t'apprendre le respect ! Ce soir tu dormiras à la chaîne avec les chiens. Cinq coups de bâton, c'est cinq sous de moins sur ta recette d'aujourd'hui.

— Non, pas les sous ! gémit Louis.

Les sous, il les aimait trop. Comme tous les Limatiers. Il les enfermait dans des boîtes qu'il cachait. À l'idée d'en perdre, sa pensée s'égarait. Tout ça, à cause de cette fille. Il reprit son chemin sous les ricanements. La fille et les sous se mélangeaient dans son esprit et il ne pouvait pas les dissocier. Alors il se livra à un calcul stupide :

« Un bon moment avec une pute vaut un demi-franc, soit dix sous... si je prends du plaisir avec la fille du cadier, je gagne cinq sous. »

Cette réflexion de génie lui redonna le sourire et il s'exclama tout haut :

— Oh fan ! Oh fan ! c'est du bon, cette affaire !

Les autres l'observèrent, navrés. Il avait la tête un peu fêlée. Il n'était pas le seul à Limate, mais peut-être était-elle plus fendue que les autres car sa mère avait fait son lit avec son demi-frère avant d'accoucher prématurément de lui.

La poussière les avala un à un. Les chariots roulèrent et tanguèrent. Ils disparurent comme dans un rêve. La tension tomba soudain. L'angoisse retenue déferla en une seule et courte vague. Valentine se précipita dans les bras de Fabien. Elle étreignit à pleines mains son visage, en l'embrassant avec fureur. Ses baisers coururent sur les joues, les yeux, les tempes, la bouche. Fabien les lui rendit, l'enlaça, la ploya. Il oublia le respect en sentant le corps nerveux et ferme contre le sien. Il se mit à la serrer très fort, car dans sa pensée, elle ne faisait plus qu'un avec lui. Mais Valentine reprit ses esprits. Elle se contracta. Elle se vit à la merci de ce désir trop grand qui brillait dans le regard du garçon et, blessée dans son orgueil et sa pudeur, elle le repoussa. Ses joues étaient devenues rouge vif, ce qui la rendait plus sensuelle encore.

Fabien essaya de la reprendre. Elle s'esquiva.

— Il ne faut plus recommencer ! dit-elle d'une voix cassée.

— Je vous aime...

— Ne dites pas cela... Ne le dites plus ! Vous ne me connaissez pas ! Et moi non plus.

— Il ne tient qu'à nous de...

— Non ! Non ! Ne me tentez plus ! Quand vous calegnoun, vous proumettout proun. Quand vous tennount, vous dounoun doou bastoun[1]. Elle n'avait pas parlé comme son père. Ce proverbe, elle le tenait des lavandières de Saint-Zacharie. Il eut pour effet de navrer Fabien. Il lui montra le chemin en silence. Elle s'en voulait déjà. Elle aurait dû se rappeler les paroles du grand-père. Lui était sensé. Elle l'entendait encore :

« Tu vois, petite, au lieu de faire ce que l'on veut, on s'en va à la dérive, à travers la vie, faisant le contraire, en suivant les idées fausses de notre société, de l'Église, de la morale qui nous mènent, pleinement conscients, vers toutes sortes de misères et de regrets. Quoi qu'il arrive dans notre pauvre existence, on doit toujours écouter ses tripes et son cœur. »

Cela devenait trop compliqué. Elle ravala sa salive et se mit à espérer un regard, quelques mots de son compagnon. Lorsqu'il desserra les dents, ce fut pour lancer :

— Vous voilà chez vous.

Elle ne s'était aperçue de rien. Elle n'avait pas reconnu les cades de la Mare Caïre. La cabane de pierre et le four inachevé se dressaient au milieu des arbustes. Le père et la mère taillaient des branches.

— Pardonnez-moi, dit-elle brusquement.

— Vous n'avez rien à vous faire pardonner. C'est moi, je me suis mal conduit.

— Non, non, la faute est pour moi !

1. Quand on vous courtise, on vous promet beaucoup. Quand on vous tient, on vous donne du bâton.

Il allait répliquer, mais le rire les prit tous les deux.

— Nous sommes bêtes, dit-elle.

— Pas vous !

Il lui prit les mains. Elle les lui abandonna volontiers. Elle souriait même et le regardait avec une tendresse hardie, montrant ses dents blanches. Sans doute, écoutait-elle le grand-père, à présent.

— Pas vous, répéta Fabien.

— Si, si... Je sais ce que je suis. Une illettrée sans avenir. Une pauvresse des garrigues et je n'ai même pas de tête ! Mon père m'avait recommandé de demander des briques au baron et je reviens les mains vides.

— Vous aurez vos briques, demain ! Et je vous apprendrai à lire.

— C'est vrai ?

Le visage de Valentine s'illumina. Lire, écrire. Le rêve impossible. Son cœur battit. Elle vit qu'il était sincère.

— Merci ! dit-elle en déposant un baiser rapide sur sa joue avant de s'enfuir vers la cabane. Merci ! cria-t-elle encore en se retournant.

Ses parents relevèrent la tête. Elle courait vers eux. Ils aperçurent Fabien qui agitait la main. Ils répondirent en levant un bras. Le Fabre plaisait à Maryse et Joseph pensait qu'il était bon de s'en faire un allié. Sautant sur son cheval, il s'en alla quand la jeune fille lui fit un signe d'adieu.

Ce soir-là, Valentine ne put dormir. Toutes ses pensées allaient à Fabien et, au milieu de la nuit, elle eut l'impression qu'il était tout proche, qu'une chaleur l'entourait. Là-bas, à la Bastide Basse, Fabien murmurait son nom. Lui non plus ne dormait pas.

9

Fabien avait apporté les briques. En une journée, le haut de la chambre de distillation fut élevé. Il s'arrondissait en cheminée au-dessus du four. Joseph en fit le tour, en claquant de la langue, preuve de sa satisfaction. Attentives à chacune de ses réactions, Valentine et Maryse ne doutaient pas de la perfection de la construction. Les pierres consolidées par les remblais de terre s'épousaient étroitement. Les joints d'argile humide mélangée au crottin de cheval liaient les briques les unes aux autres au quart de millimètre.

— Je crois qu'on y est, dit-il enfin.

Maryse acquiesça nerveusement de la tête. Il attendait ce signe. Sa femme détenait des pouvoirs. Elle avait une aptitude à deviner les choses qu'il mettait toujours à profit lors des actes importants de sa vie. Il revint devant la bouche du four. Sur le sol, un monticule de cade avait été déposé la veille. Il s'accroupit et passa la main dans les morceaux finement coupés et calibrés. Quatre heures avaient été nécessaires pour débiter les troncs inférieurs des arbustes, et six heures supplémentaires afin de parvenir à bout de leurs racines. Il prit un rejeton de bois et le huma. Une odeur de fruit en décomposition et de poivre chatouilla ses narines. C'était du bon. C'était plein d'huile. Il le lança à Valentine qui le sentit à son tour.

La jeune fille éprouva un bien-être immédiat. Cette senteur forte annonçait un nouveau cycle. La famille renaissait, le petit Pierre avait été inscrit à l'école de Signes, la cabane possédait son toit de tuiles, sa mère avait retrouvé la joie de vivre. Quant à elle... Elle ferma les yeux. Le goût des baisers de Fabien lui revint aux lèvres. Il ne se passait pas un jour sans qu'ils ne se voient. Leurs liens s'étaient resserrés, surtout depuis la première leçon de lecture.

Le jour des briques fut aussi celui des journaux. Fabien avait rempli les deux sacoches du cheval de bulletins, de gazettes et de quotidiens. Le baron était abonné à tous les canards marginaux. Il aimait la presse révolutionnaire, anticléricale, celle qui tirait à boulets rouges sur les bonapartistes, les monarchistes et les bourgeois. Ces lectures irritaient mademoiselle Anne qui avait quelque penchant pour les orléanistes, mais elle évitait d'en parler. Le baron ne tolérait aucune contradiction. Évidemment, Valentine était loin de comprendre le sens des articles dont elle déchiffrait un mot par ci par là. En deux leçons, elle avait appris à reconnaître les titres des journaux. Tous les matins, elle en épelait les lettres avant de lancer : *« Le Peuple ! Le Rappel ! L'Égalité ! L'Emancipation ! La Cloche ! »*

Ce qui ravissait sa mère et inquiétait son père. À la troisième leçon, elle sut écrire son nom et son prénom. Elle était douée. Fabien le lui disait.

« Bientôt, tu pourras faire l'institutrice chez les Limatiers ! » plaisantait-il.

Elle riait. Et comme elle savait aussi écrire Fabien, elle ne se privait pas d'inscrire leurs deux prénoms avec la pointe de son couteau sur l'écorce des grands arbres de la forêt.

— Tu rêves ? lui demanda sa mère.

— Oui, tout ça me fait rêver et je ne voudrais pas me réveiller.

— Il y a pas un peu de ton galant de la Bastide Basse dans ton rêve ?

— Maman !

— Oh, je ne suis pas aveugle ; j'ai bien vu comment tu le regardais, le Fabien Fabre. Et lui, il est comme un poisson hors de l'eau ; il te bade la bouche ouverte. Même ton père s'en est aperçu.

Valentine se mordit la langue. Elle craignait les réactions et la jalousie de son père. Elle le contempla face à son four, avec ses mains pareilles à des battoirs. Maryse, qui suivait les transformations du visage de sa fille, ajouta sur un ton confidentiel :

— Tu as de la chance : le Fabre plaît au père. Il me l'a dit... Il m'a même confié qu'il ferait un bon gendre.

Étrangement, cette confidence ne rassura pas Valentine. Elle se méfiait de Joseph, de ses calculs.

— Au feu ! cria Joseph.

Le moment était propice. L'air était sec. Le mistral avait fait une timide sortie. Un de ces souffles d'automne tout juste bons à nettoyer les abords de Marseille et de Toulon. Joseph plaça des bûchettes de cade par l'ouverture du four. Cette opération terminée, il obtura la partie inférieure avec le malon vertical en colmatant les brèches avec de l'argile. Puis il vérifia le malon horizontal sur lequel allait couler l'huile. Tout était en place dans la partie inférieure. Il grimpa au-dessus du four afin de remplir la cheminée avec cent bonnes livres de cade. Maryse et Valentine se mirent à la tâche. Tous les morceaux passèrent de main en main. Juché au-dessus de la cheminée qui prolongeait la chambre de distillation, Joseph bourrait la cavité à coups de licoussin. Il ne fallait pas que l'air puisse circuler, sinon le cade risquait de s'enflammer. Il fit signe aux femmes d'arrêter. La jarre débordait de genévrier. Il tassa le trop-plein à coups de talon avant de le recouvrir de larges pierres plates.

Tout était prêt pour l'allumage. La veille avait été consacrée à remplir les deux foyers jouxtant la chambre de distillation. Les branches de bruyère et les rameaux de sourbin[1] adroitement empilés avaient été coupés par Maryse.

— On allume les deux en même temps, dit Joseph en s'adressant à sa fille.

Depuis l'âge de douze ans, elle aidait son père dans cette phase délicate. Elle ne craignait pas le feu, contrairement à sa mère. Maryse s'était brû-

1. Autre variété de genévrier : *Juniperus phoenica.*

lée au bras une fois en poussant les brandons vers les foyers. Depuis, à la vue des petits fagots enflammés, elle était prise de tremblote. Elle se signa quand Joseph sortit sa boîte d'allumettes.

— Écarte-toi, dit Joseph à sa fille quand il craqua le bâtonnet de phosphore blanc sur la semelle de sa chaussure.

Il la mettait toujours en garde à cet instant. Lui-même détournait la tête quand l'allumette s'enflammait. On racontait des choses terribles sur ce phosphore blanc. Les gaz qu'il dégageait empoisonnaient le sang et des milliers d'ouvriers travaillant dans les fabriques d'allumettes en mouraient. Les docteurs appelaient cette maladie la nécrose. On en parlait dans les cafés où elle effrayait plus que la cirrhose.

Les fagots de bruyère s'enflammèrent. Valentine s'empara du diable. Avec cette fourche à deux dents, elle enfourna le brandon dans l'un des évents. Des étincelles s'échappaient, couraient le long du manche de l'outil et lui roussissaient le bout des doigts. Elle enfonça cinq ou six fois le diable dans le trou. Dans le foyer qu'elle fourrageait, le feu se propagea. Elle l'entendit ronfler. Il grimpait le long des pierres, dévorait les branches, chauffait les parois derrière lesquelles le cade s'entassait.

— Il a pris ! cria-t-elle à son père.

— De mon côté aussi ! répondit Joseph.

Ils retirèrent les diables et contemplèrent les fumerolles blanchâtres qui s'échappaient des conduits d'évacuation. C'était parti pour une vingtaine d'heures, peut-être trente car le four était grand. Joseph prit un air grave. Est-ce que l'huile allait sortir ? Avec ces satanés fours, on n'était jamais sûr du résultat. Ils étaient plus sensibles que des jeunes pouliches. Un coup de froid, une pluie, une mauvaise alimentation en bois, le sale œil d'un voisin, un rien provoquait une catastrophe. Il allait devoir le surveiller de près, le nourrir de bruyères à intervalles réguliers, lire dans les fumées. Maryse le relaierait le temps d'un petit somme. Il n'était pas facile d'être cadier.

— Chienne de vie ! marmonna-t-il en s'asseyant face à son œuvre.

Les deux femmes, qui connaissaient ses habitudes, le laissèrent à ses pensées. Maryse retourna à son linge et Valentine à ses pièges.

Le lendemain, à l'heure où l'aube rougissait le dos des collines, Joseph s'étira et toussa. Il n'avait pas bougé de la nuit, si ce n'était pour entretenir le feu. L'humidité de l'air poissait sa mauvaise barbe et la filasse clairsemée qui couvrait à demi son crâne. Les foyers avaient mangé la moitié de son bois sans s'encrasser. C'était bon signe. Il était encore trop tôt pour le dire, mais il pensait avoir construit le four le plus rentable depuis qu'il était entré dans la profession. Les fumées parlaient et livraient leurs secrets. Il savait que le cade avait perdu son eau et qu'à présent il allait mûrir et changer de consistance. À la fin de cette lente dégradation par la chaleur, il cracherait son huile.

D'un geste machinal, il se saisit de la gourde de gnole apportée par Maryse dans la nuit et s'envoya deux rasades au fond de la gorge. L'alcool à soixante degrés lui râpa la langue et la glotte. La douleur à l'estomac précéda la chaleur.

Joseph salua le soleil avec sa gourde. Le moment était magique. Il en avait vécu des milliers. Chaque aube était différente, porteuse de messages, d'avertissements ou d'espoirs. Assis sur une souche, dans la fraîcheur du matin, il regardait le reflet roux de l'astre qui dansait sur les feuilles jaunies des chênes. La forêt était pareille à un lac. Sur l'autre rive, il apercevait des parois bleuies de brumes, les quilles roses du Midi. Son œil caressant et larmoyant passait des Rochers de l'Aigue au Castellas, glissait du Repère au Pas de la Masque.

Joseph aimait par-dessus tout cette heure où le monde lui appartenait. Surtout après une nuit éprouvante. Il écoutait, respirait, remodelait le paysage, coupait des hectares de bois, construisait des citernes, des fermes et le pavillon de ses rêves avec ses écuries et son pigeonnier. C'était une chose permise, un passe-temps bien innocent que sa conscience admettait sans problème jusqu'au moment où tout s'évanouissait.

Cet instant déprimant vint plus tôt que d'habitude. Il n'avait même pas eu le temps d'imaginer son moulin à huile aux ailes blanches. Il en éprouva une profonde amertume. La gourde se retrouva vissée à ses lèvres. Il la vida d'un trait et la jeta. Le four ronflait doucement. Il le contempla, hébété par la réalité de sa condition. Jamais il n'aurait assez d'huile pour réaliser ses projets fous. Il faudrait en construire vingt, se dit-il. Il se mit à divaguer en calculant le rendement et les recettes de vingt fours. Puis il y eut comme une déchirure dans sa tête. Ses mains ne lui obéirent plus ; ses doigts se frottèrent les uns aux autres, se déplièrent, s'emboîtèrent pour faire craquer les cartilages. Il les regardait avec stupeur et nostalgie ; ils lui montraient la voie de la réussite. Ces gestes, il les faisait avant de mélanger les cartes en début de partie. La fortune était au bout de ses doigts. « Tu devrais à nouveau tenter ta chance. »

« Rejoue... juste une fois, pour savoir où tu en es. »

« La roue a sûrement tourné, c'est la loi, tu as de beaux jours devant toi. »

Des voix mielleuses lui susurraient des perspectives merveilleuses. Il se vit des as et des rois plein les mains ; des pièces d'or s'empilaient, il les ramassait, en glissait quelques-unes dans les corsages des femmes venues l'admirer.

Un crépitement le ramena sur la rive de Maramoye. Le four se rebellait.

— Nom de Dieu ! jura-t-il en bondissant.

Il y avait trop d'air. Le cade pouvait s'enflammer à tout instant. Il réduisit le débit de la circulation des gaz en fermant à demi les évents et les deux petites cheminées des chambres à combustion. Puis il écouta le feu. Le cœur du four se remit à ronronner normalement. Il poussa un long soupir de soulagement. Il avait failli tout perdre. Tout cela à cause de ces maudits rêves ! De toute son énergie, il chassa les tentations, les cartes et l'or de son esprit. Il en tremblait. Il avait juré de ne plus recommencer; il tiendrait.

— C'est fini, c'est fini, le jeu a beou jappa lou cregni pas[1]! Dieu m'est témoin, ma vie c'est le cade, ma femme et mes enfants!

Et il en avait besoin, de Dieu. Il tomba à genoux et se mit à prier en fixant l'œil pourpre du soleil.

Dans la cabane, Maryse s'éveilla. Un pli barra aussitôt son front. Le jour filtrait à travers le carton posé sur le fenestron. Elle aurait dû battre le soleil à la course. Elle savait d'instinct mesurer l'écoulement du temps. Toute la nuit, elle avait quitté sa paillasse à heures fixes pour remplacer Joseph. Il avait refusé. Il s'était peut-être endormi. Si c'était le cas, il allait lui faire porter le poids de la faute. Sans prendre la peine de se couvrir, elle se précipita pieds nus et en chemise hors de l'abri. Son élan fut brisé net. Joseph priait à genoux. Elle ne se souvenait plus de l'avoir vu ainsi en communion avec le ciel devant son four. Certes, il lui arrivait quelquefois de s'adresser au Père et à ses saints, à Pâques, à Noël, lors des fêtes chrétiennes. Il sacrifiait alors à la coutume et à l'habitude. Il n'avait pas la foi. Maryse évoqua alors le pire : le four était mort; mais elle vit s'élever le voile blanchâtre d'une imperceptible fumée dans la transparence de l'air et son front retrouva son aspect lisse. Joseph ne s'était pas aperçu de la présence de sa femme. Il lui tournait le dos. Les mots qu'il lâchait comme des flèches l'apaisaient.

1. Le jeu a beau crier et menacer, je ne le crains pas.

Maryse observa encore le four. Il était décidément en parfait état de marche. Elle chercha Babi. Le mulet, bien vivant, broutait des herbes dans le sous-bois. Elle regarda autour d'elle. Tout était en place. Le pays s'éveillait et revêtait ses parures d'or et de perles. Elle s'était trompée sur l'attitude de Joseph. Son homme remerciait le Sauveur de les avoir conduits là. Elle s'approcha avec l'intention de s'associer à cette élévation.

Quand Joseph vit Maryse, sa gorge se noua. Que voulait-elle ? Elle avait ce faux sourire de madone qu'il exécrait. Une fois de plus, elle venait lui saper le moral. En voyant qu'elle le dérangeait, elle prit un air penaud.

« Pauvre souillon pensa-t-il. Et dire que je me bats pour ça ! »

En chemise, de la paille dans ses cheveux emmêlés, le visage raviné de fatigue, des cernes à faire peur, elle ne savait plus comment se tenir.

— Qu'est-ce que tu veux ?

— C'est que...

— Peuchère de moi ! Tu es toujours dans mes pattes ! T'as rien à faire ici ! Tu t'es vue ? on dirait une malade échappée de l'asile. Tu ferais mieux de te débarbouiller et d'enfiler une robe. Je me demande parfois ce qui m'a pris de t'épouser. Il est vrai que t'as beaucoup changé... La rose est devenue pissenlit. Disparais, allez zou, j'ai du travail !

Maryse s'en alla, le cœur gros. Joseph la suivit du regard, les yeux pleins de dégoût, jusqu'à ce qu'elle entre dans la cabane. Il se demanda encore pourquoi il lui avait passé l'anneau au doigt. C'était une question qu'il se posait souvent. Maryse, il le croyait sincèrement, était le type même de femme qui tourmentait les hommes à propos de rien. Il oubliait qu'il y avait eu un temps où il disait à ses amis de rencontre qu'elle était parfaite, respectueuse, travailleuse et obéissante. Depuis, sa théorie sur le mariage avait évolué. Il voyait en Maryse l'une des causes de ses échecs. Elle était comme une niaise petite volaille qui courait se cacher chez elle dès que quelqu'un d'important se montrait.

Il l'avait constaté quand le maire de Saint-Zacharie venait encaisser le loyer du terrain qu'il louait avant d'immigrer à Rougiers. Dès que le bonhomme pointait sa barbe en trapèze sur le chemin, elle s'éclipsait dans la cuisine. Le maire, Germain Sourve, était observateur. Un jour, il l'avait pris à part et lui avait dit :

« Tu sais, Joseph, une femme, c'est pas fait uniquement pour avoir des nistouns et éplucher des patates. Coquin de sort ! Tu te crois donc tellement fort avec ton huile ? Ne te leurre pas. Aucun grand homme ne l'est devenu seul. N'as-tu jamais été frappé de voir à quel point leurs femmes les aident, tous ces hommes installés, tous ces hommes en gibus, au gilet rayé, à la pipe d'ivoire et au portefeuille bien rempli ? Est-ce que j'ai épousé une oliveuse, moi ? Ma Clémentine tenait la mercerie quand je l'ai séduite. Un vrai petit soldat instruit ; c'est elle qui m'a poussé à la mairie quand le Bonaparte s'est emparé du pouvoir.

Essaie donc de voir les choses par les yeux des autres. Que pensent-ils de ta femme ? Pas du bien, je te le dis. Que pensent-ils de toi ? Que tu es une coucourde... Eh oui, une belle coucourde. Mon bon Joseph, ce n'est pas ainsi qu'on arrive. Il faut jouer le jeu selon les règles et tu dois le savoir, toi qui aimes tant les cartes. Tu veux t'égaler aux plus grands, mais tu es marié avec une fille de rien du tout ! Divorce, mon beau ! Prends tes outils et cherche-toi une veuve avec une rente... »

Ces paroles l'avaient hanté pendant des mois. Il avait failli partir à plusieurs reprises. Chaque fois qu'il revenait du café la bourse plate. Il renonçait toujours au dernier moment en voyant les enfants. Aujourd'hui, il était trop tard, même une veuve édentée et bancale ne voudrait plus de lui. De dépit, il s'en alla casser du bois.

Son rêve se brouillait. Valentine essaya de retenir les images. Le couple qu'elle formait avec Fabien se déforma. Un élément extérieur perturbait ce bonheur qu'elle entretenait nuit après nuit. Elle battit des cils et comprit. Sa mère pleurait. Elle pleurait doucement, étouffant ses hoquets dans ses poings. Valentine la rejoignit et souleva les cheveux qui cachaient les yeux. Sa pauvre maman tenta de se réfugier sous ses bras. Valentine sentit monter ses larmes. Elle se retint.

Le four... le four... Le cade. Il ne marchait pas. Sa mère pleurait de désespoir. Qu'allaient-ils devenir sans l'huile ? Valentine s'en trouva paralysée.

Et le père dans tout ça? Elle envisagea le pire; Joseph était bien capable de se jeter dans le trou de Maramoye.

— Maman, maman, que se passe-t-il?

— Laisse-moi...

— Dis-moi, c'est le four?

— Non, non...

Les traits de la jeune fille se durcirent. Le père. Encore lui. Ce lâche savait entretenir les chagrins de Maryse, provoquer des hantises, tourmenter son entourage.

— Le monstre! souffla Valentine en quittant la couche.

— Il n'y est pour rien... N'y va pas! jeta sa mère.

— Je ne veux plus qu'il te fasse du mal! répondit la jeune fille.

Le père était au milieu des cades. Trois arbustes gisaient derrière lui. Il en abattait un quatrième avec sa hache quand il entendit :

— Père!

— Il ne manquait plus qu'elle! grommela-t-il.

— Père!

C'était comme un second coup de semonce. Il cessa de cogner. La Valentine marchait à grands pas rapides sur lui. Elle aussi était en chemise, cheveux au vent, pieds nus, mais elle ne ressemblait en rien à la mère. Elle ne lui rappelait pas Maryse à dix-sept ans. Sa fille avait tout pris de ses ancêtres de Barjol, les Sudre, de rudes tailleurs de pierre et de gaillardes bergères. Il ne la laissa pas parler; il avait déjà son mensonge tout prêt.

— Si tu viens pour les remontrances, tu peux passer ton chemin et courir vers ton éleveur de chevaux. J'ai rien à me reprocher. Ta mère pleurniche, c'est un fait. J'ai poussé mon coup de gueule ! Tè, j'allais pas me priver, elle a oublié de me réveiller et on a failli perdre notre première récolte.

Valentine encaissa mal. Elle examina les fumées. Elle aussi savait détecter les signes. Le père mentait. Le four allait bon train. Elle estima à une demi-heure la marge de sécurité. Le feu pouvait attendre son bois, il avait eu sa ration de bruyère deux heures plus tôt.

— Quelles que soient tes raisons, tu ne dois pas humilier maman ! cria-t-elle.

— Eh ben, en voilà des coassements !

— Je t'avais déjà averti !

Joseph eut un rire railleur. Cela faisait des années qu'elle l'assommait d'avertissements. Que pouvait-elle contre lui ? Une fillette, une fillasse, rectifia-t-il mentalement, ne pouvait s'imposer par la force. Elle ne possédait rien. Elle n'avait aucun pouvoir. Pas même sur sa mère. Maryse qui venait se mêler à l'altercation lui donna raison.

— C'est de ma faute ! Il dit vrai... Valentine... Je t'en supplie, fais ton pardon ; embrasse ton père. Que serait-on sans lui ? On a des dettes et il se bat pour les rembourser. Si l'huile avait été perdue... Oh, je préfère ne pas y penser.

— N'y pense plus ! lança Joseph.

Il trouvait qu'elle en faisait trop. Pourtant, c'était la vérité. Elle était la seule responsable de tous ces tracas matinaux. Même Valentine s'y laissa prendre. Elle continuait cependant à accabler son père de regards terribles ; le bougre triomphait.

— Vous êtes vraiment faits pour vous entendre ! lâcha-t-elle avant de leur tourner le dos.

Douloureusement, elle mesurait les parties d'ombre de leur amour, l'impuissance qui l'empêchait de discerner le vrai mal de cette union et son remède.

La journée promettait d'être riche en événements. Valentine ne voulut pas rester un instant de plus avec ses parents. Fabien allait être invisible ; il était à la foire d'Aix avec le baron. Tout en plongeant son visage dans un seau d'eau, elle organisa les heures à venir. Elle irait d'abord à Signes vendre ses peaux de lapin ; rue aux Juifs, il y avait un peaussier qui payait argent comptant. Puis elle prendrait la diligence d'Aubagne ; arrivée en ville, elle se rendrait rue Grande où les boutiques de modistes proposaient les nouveautés de Paris. Son plan arrêté, elle revêtit sa lourde jupe de paysanne et son caraco brun. Puis, ses peaux de lapin sur le dos, elle s'enfonça dans la chênaie de la Mare Caïre.

10

Au milieu du grand silence quelquefois rompu par des cris de merles, une sourde rumeur montait du village de Signes. Le marché battait son plein au centre des maisons centenaires.

Valentine tarda à quitter les hauteurs de la Male Gouargue. Le chemin plongeait presque tout droit vers les riches Beaussières où de jeunes vignes cernaient les vastes terres à blé. Il franchissait le torrent du Latay par un pont de bois, filait sur l'église Saint-Pierre avant de devenir la rue de la Croix-Vieille.

Il était toujours difficile de découvrir la vie d'un village et de s'y mêler. Valentine redoutait ce premier contact. Ses expériences à Saint-Zacharie et Rougiers lui avaient appris à se méfier. Enfant, elle avait été reçue à coups de pierre, elle s'était battue comme une chiffonnière des Acoules avec des filles, elle avait été traitée de boumiane, de panouche, de mecosa [1] et de bien d'autres surnoms

1. Bohémienne, torchon, morveuse.

peu reluisants. Lorsqu'on la connaissait mieux, on l'associait à son père, aux cartes à jouer. À Saint-Zacharie, on l'avait baptisée «la demoiselle de Pique». Souvenirs amers. Elle ne voulait pas que cela recommence. Elle leva son regard vers la Sainte Baume et s'adressa à Marie-Madeleine.

«Je sais que tu es là, que tu me vois, même quand je me cache sous les genêts ; je sais que tu es bonne, je sais que tu parles aux anges et que les animaux de la forêt, les oiseaux dans le ciel, les hommes sur terre t'aiment et te respectent... Je ne suis pas grand-chose à côté des rois, des princes et des cardinaux qui viennent prier dans ta grotte, mais si tu m'entends, alors entre dans l'esprit des Signois, fais que leurs propos et leurs regards ne soient pas méchants, envoie-moi un ange protecteur...»

Elle était à court d'idées. Parler à la toute-puissante Madeleine était difficile. Cela frisait l'insolence, voire l'injure. Elle en était consciente. Mais à qui d'autre pouvait-elle s'adresser?

Elle reprit sa descente, à peine plus confiante. Elle atteignit le plan. Les vignes rousses avaient perdu leurs fruits. Au loin, elles se fondaient en une même flamme, léchant les murs chaulés des fermettes. Foulant la terre tarie des sillons, des hommes, des femmes et des mulets les traversaient. Valentine fut rejointe par ces paysans aux bras et aux épaules chargés de sacs. Tous se rendaient gaiement au marché. Certains lui adressèrent le bonjour. Elle répondait à ces salutations d'un signe de tête. L'émotion la gagna. Des jeunes femmes poussaient des carrioles à bras couvertes de cages à poules, se déhanchaient sous le poids des couffins débordant de carottes et de haricots secs. Le soleil rehaussait les couleurs vives de leurs châles et de leurs corsages. Rouges, vertes, safran, indigo, leurs robes diapraient le ruban terne du chemin. Elles venaient de Lou Pracabat, des Beaussières, des Plauques, des Rigaudelles, de toutes les terres grasses, des riches valleuses du Gapeau et des nombreuses bastides bâties sur les restanques. Elles allumaient des feux dans les regards des hommes. Et ce n'étaient que rires, œillades, vantardises, messages bon enfant. Ils étaient heureux ; la Provence généreuse pourvoyait à leur bonheur. Ils avaient oublié le souffle du canon, les guerres lointaines, les révolutions. Ils avaient assez à faire avec les femmes de Signes la Noire, les Limatiers et le clan de Taillane.

Une femme charpentée au visage carré aborda Valentine. Entre ses gros poings serrés, elle tenait deux sacs de pommes de terre. En équilibre sur son chignon plat cerclé d'une couronne de paille tressée, une lessiveuse en fer-blanc contenait du linge brodé. Des bouts de serviettes et de nappes aux lettres enluminées de feuilles pendaient au-dessus de cette tête altière qui souriait. Valentine lui rendit un sourire un peu contraint.

— Tu es la nouvelle de Maramoye ? lui demanda l'inconnue.

— Oui, la fille du cadier.

— Alors soit la bienvenue. On en avait assez d'acheter notre huile à Méounes.

D'autres femmes s'étaient rapprochées. Elles jaugeaient, détaillaient la jeune fille, la trouvant bien mal fagotée pour son âge. Peut-être le cadier était-il avare ? Le métier rapportait gros à celui qui savait conduire son affaire. L'huile était aussi rare que l'essence de lavande. Valentine soutint cette inspection avec fierté. Plus le temps s'écoulait et plus elle se sentait rassurée. Apparemment, la renommée de son père ne les avait pas précédés et seul le baron de Guillibert connaissait l'histoire des Bonifay. Elle remercia en secret la patronne de la Sainte-Baume.

On lui posa des questions sur la famille, sur son passé et elle y répondit du mieux qu'elle put, occultant les aspects malsains et néfastes d'une vie d'errance. Ses propos ne firent pas sourciller les curieuses. Toutes savaient que ce travail n'était pas celui d'un sédentaire. Tous les trois ans, après avoir épuisé le cade d'une forêt, il fallait déplacer le four. Quelquefois de plusieurs kilomètres.

— Sur la commune, ton père aura de quoi produire pendant cinquante ans, dit la femme à la lessiveuse.

Les autres acquiescèrent. La commune était l'une des plus vastes de la région. Elle aurait pu nourrir cent mille âmes ; ils étaient à peine trois mille à se partager les richesses de Signes. Cette réalité accentua leur joie. Une grand-mère qui allait vendre ses salades entonna la chanson des fileuses :

Jouvènço venès escouta
Uno cançoun qué n'avèn fa.

(Jeunesse, venez écouter
Une chanson que nous avons faite.)

Dix voix la suivirent. La femme charpentée s'adressa à Valentine quand elle vit que cette dernière ne chantait pas :

— Tu as la voix prise ?

— Non.

— Tu connais la chanson ?

— Ma mère la chante.

— Alors, fais-nous entendre tes roulades !

Valentine n'avait pas le talent d'un rossignol. Parfois, quand la pluie tombait elle chantonnait toute seule les airs tristes. Jamais l'amour. La femme attendait, le visage sévère. Valentine se racla la gorge et se lança :

Le fuseau et la quenouille
Rendent les femmes paresseuses.

À cet instant, sa voisine joignit sa voix à la sienne et elles racontèrent comment, par la magie du liage, on empêtrait les amants.

Le dernier couplet s'acheva devant l'église Saint-Pierre où les joueurs de boules disputaient de longues parties pour l'honneur. Ils s'esclaffèrent, montrèrent du doigt la bande des fileuses et les hommes qui les accompagnaient. Puis ils découvrirent Valentine.

— À qui, la cousine?

— Oui, à qui cette belle parente?

— À personne! répliqua la femme charpentée. Elle vient d'en haut, de Maramoye.

— Une Limatière! s'étonna un homme.

— Mais non, *gigeou*[1]! C'est la fille du nouveau cadier.

Les joueurs l'examinèrent à leur tour, mais leurs regards n'avaient rien de commun avec celui des femmes. Ils pesaient sur ses seins et son ventre; ils l'évaluaient sur l'échelle des plaisirs, cherchaient à deviner si elle n'était plus vierge. Comme elle demeurait froide et hautaine, ils se lassèrent.

Quelqu'un lança :

— Bienvenue!

Puis les parties reprirent.

Valentine n'était pas mécontente. Le bon accueil, le quechièro comme on l'appelait par ici, lui avait été favorable. La rumeur qu'elle entendait du haut des collines avait à présent des accents de tempête. Sa méfiance revint. Elle jeta des coups d'œil sur les jalousies, croyant deviner des formes derrières les fentes de bois, mais le tapage joyeux d'enfants s'aspergeant à l'eau de la fontaine Saint-Jean chassa ses ridicules appréhensions. Qui se souciait d'une Valentine Bonifay?

Dans les rues, le marché tout entier était déjà présent, marché vivant, plein du parfum des

1. Imbécile.

herbes des collines, des légumes tout juste cueillis, et des pains blancs et noirs, poudrés et croustillants dans les grandes corbeilles des boulangères. Les clients faisaient leur tapage, c'était un courant sonore qui montait en puissance au fur et à mesure qu'on approchait du centre névralgique.

Valentine avait du mal à avancer. Par paires, par familles entières, à cheval, à dos d'âne, en charrette, en calèche, à pied, sur cannes, avec paniers, jarres et douires, ils piétinaient dans la poussière, mêlant leurs haleines et leurs cris dans ce vaste théâtre en plein air qui les rassemblait tous les jeudis. Ils venaient non seulement des collines, mais aussi des villages voisins.

Valentine joua des coudes, parvint sur la place du marché où les femmes avaient pris possession des lieux, reléguant les hommes dans les six cafés.

Le grouillement était tel qu'elle en eut le tournis. Elle était perdue au milieu des entassements de légumes, de fruits, de viandes, d'ustensiles, de coupons, de chaussures et de mille autres trésors à trois sous qui passaient entre les mains des paysannes dont les yeux experts savaient déceler les moindres défauts. On la héla, on la flatta. Elle était ballottée des corsetières aux charbonniers, des matelassières aux ferblantiers. Les gantières aux doigts armés d'aiguilles et de dés travaillaient au côté des passementières. Valentine rêva un moment devant les gants de soie, les guirlandes de dentelles, les franges, les galons et les rubans.

— Valentine ! Valentine !

Elle sursauta. Qui l'appelait ? Elle chercha et

reconnut la petite Victorine de Signes la Noire. Elle agita la main, fendit la foule. Elles s'embrassèrent. C'était bon de retrouver une amie.

— Viens, viens, lui dit Victorine.

— Je dois vendre mes peaux.

— Tu le feras après. Viens, je vais te présenter à mes tantes.

La petite adolescente lui prit la main et la guida vers la rue Marseillaise envahie de moutons, de chèvres et de volaille. Valentine, en confiance, se laissa griser par les senteurs de bêtes et de fromages, les coups de gueule et les bêlements. Elle ne remarqua pas qu'on s'écartait avec respect devant sa compagne. Les hommes des cafés ne la suivaient plus des yeux avec l'espoir secret de percer le mystère de son corps, mais avec une certaine appréhension. Quand les deux filles les dépassaient, ils déglutissaient et étreignaient leur verre à vin. Les autres femmes n'échappaient pas à la chasse perpétuelle ; elles en riaient, devinant tous les désirs refoulés, ces envies de se rouler à deux dans la paille, ces faims de caresses brutales que les plus timides noyaient dans l'absinthe.

Elles arrivèrent à la rue Ferraillette où sonnaient les enclumes des forgerons. Les tantes tenaient boutique près du lavoir. Sur une bâche de toile étalée entre deux forges, elles proposaient une variété infinie d'herbes et de potions. Là, on ne se bousculait pas, on ne discutait pas les prix, on demandait conseil et on payait.

Dès le premier regard que lui jetèrent les tantes, Valentine éprouva un sentiment de défiance. Plus noires que les habits noirs des deux femmes accroupies, les pupilles ne reflétaient rien. Elles étaient pareilles à des morceaux de charbon terni, mais il en émanait une force prodigieuse. Valentine cligna des yeux ; elle eut l'impression qu'un esprit pénétrait le sien. Les cris du marché, les tintements des marteaux s'estompèrent. Elle ne distinguait plus les jupes écarlates, les flammes des forges, le va-et-vient des chalands soûlés par les diatribes et les apologies des marchands. Il n'y avait plus que ces ténèbres, ce visage brun marqué de rides, ce nez, cette bouche animale, ces bijoux d'or anciens au cou de cette femme étrange.

— S'es enfrejhoulido [1], mais elle est forte ; il m'est impossible d'aller loin en elle, lâcha la tante à sa parente assise près d'elle.

— Tu es la nouvelle de Siou Blanc, nous en sommes heureuses, dit cette dernière. Je m'appelle Agathe et voici ma cousine Marthe.

Agathe avait une vingtaine d'années. Sans être jolie, elle avait le visage plus doux que celui de son aînée. Deux plis amers marquaient déjà les coins de sa bouche et n'eût été le regard, on aurait pu la prendre pour une paysanne venue vendre ses lentilles.

— C'est mon amie, Valentine ! s'exclama Victorine en s'accrochant au bras de la jeune fille.

Valentine ne savait que dire. Elle laissa aller ses yeux sur l'étal de ces étranges revendeuses. Il y avait toutes sortes de flacons contenant des

1. Le froid l'a saisie.

poudres et des liquides, des peaux de reptiles séchées et une profusion de plantes parmi lesquelles elle reconnut quelques bienfaitrices. La bardane coupée en rouelles était utilisée contre les rhumatismes ; l'absinthe macérée dans la bière tuait les vers, l'euphorbe aux tiges rouges calmait les douleurs de ventre...

— Tu connais les plantes ? demanda Marthe.

— Oui.

— Toutes ?

— Presque, je suis née dans les collines !

Elle avait répondu avec force. Elle en avait assez de cette inspection.

Marthe plissa les yeux. Une ruse monta à ses lèvres qui s'étirèrent. Ce n'était pas un sourire, mais la mimique de quelqu'un qui s'apprête à dévorer son plat favori. Elle tendit l'index et le promena au-dessus des herbes en paquets, des racines entassées et des fleurs desséchées. Sa main était longue. Chaque doigt portait une lourde bague et son poignet était serti de bracelets barbares trouvés dans les tombes ligures du vallon d'Agnis. L'index cherchait. Il s'arrêta sur un bouquet flétri.

Valentine se rembrunit : cette demi-sorcière la mettait à l'épreuve. Pour qui la prenait-elle ? Elle savait reconnaître une scabieuse et plus particulièrement celle-ci.

— C'est une escabiouso ! une camilho, la fleur des veuves !

— Dis-m'en plus, petite, dis-m'en plus...

— Elle arrête la gale.

— Tout le monde sait cela.

Valentine ne maîtrisait plus sa colère. Elle planta son regard dans les deux pierres charbonneuses qui tentaient de la réduire à merci.

— Votre marchandise est pauvre. Les escabiousos sont nombreuses dans nos garrigues. Je ne vois pas de colombaire, d'herbe hérissée, d'erbo-disestello, de poumerello à fleurs blanches. Juste un bouquet de veuves et deux bottes de mors-au-diable.

— Nous vendons celles qui ont des vertus, répondit calmement Marthe... C'est tout ce que tu sais ?

— Elle en sait déjà plus que tous ceux-là ! répliqua Victorine qui n'aimait pas la façon dont sa tante traitait son amie.

Les « tous ceux-là », badauds attirés par ce tête-à-tête inattendu, gobaient les paroles de la jeune fille. Ils l'admiraient et la plaignaient. Il était rare que quelqu'un affronte Marthe Morin. Pour s'y risquer, il fallait être prêtre, ange ou démon.

La Morin avait succédé à la Costa, vingt ans plus tôt. Tous ceux-là étaient en affaires avec les femmes de Signes la Noire. Certains remboursaient des dettes de sang contractées par des aïeux qu'ils n'avaient jamais connus de leur vivant. La plupart payaient cher le filtre amoureux, le talisman protecteur, une alliance pour ruiner leur voisin, le souhait vengeur. Ils cessèrent de respirer quand Valentine s'approcha du faciès inquiétant de Marthe et lança :

— Inutile de me traquer l'âme, madame Marthe ; elle ne sera jamais à vous. Vendez vos escabiousos, conseillez-les aux malades de la peau, aux teigneux. Tout ce qui est dans cette plante est profitable, sa racine, ses tronçons, ses feuilles, ses fleurs, son jus, sa décoction et si on fait un cataplasme avec de la graisse de porc, elle chasse les bubons. Un dernier conseil, rongez votre mors-au-diable, cela vous évitera de vous casser les dents sur ma carcasse.

Les curieux s'attendirent au pire. Le mors-au-diable qu'on plantait au bord des tombes était réputé ; le diable y rongeait son frein sur les racines et laissait en paix les défunts. L'insulte était grave. Ils furent décontenancés par la réaction de la Morin.

Marthe partit d'un rire inextinguible, qui lui fit monter les larmes aux yeux. La petite Victorine donna un coup de coude dans les côtes de Valentine.

— Ah ça alors ! Eh ben ! Tu lui plais.

— Oui, elle me plaît, cette garce des collines, tu peux être fière de l'avoir pour amie, avoua Marthe entre deux quintes joyeuses.

Les Signois chuchotèrent. On se passa le mot : « Que la nouvelle de Maramoye, une fille de cadier, paraît-il, a cloué le méchant bec de la Morin » ; « qu'elle avait des pouvoirs assurément » ; « qu'il fallait s'en méfier »... Une ombre tapie derrière le lavoir pensait différemment. « La fiho, la chato du cadier, elle est belle... Il me la faut. »

L'ombre marmonna, se griffa les mains, puis alla rejoindre les siens qui vendaient des chèvres et des fromages.

— Viens, on va chez Grange le peaussier, dit Victorine en prenant Valentine par la main.

— Méfie-toi ! gronda Marthe en se saisissant du poignet de la jeune Bonifay. Méfie-toi, il y a quelqu'un qui te veut du mal, je le sens et il n'est pas très loin.

Valentine se dégagea brutalement. Le contact glacé laissa une impression de brûlure sur sa peau. Cependant, les paroles de la Morin avaient jeté le trouble dans son esprit. Elle regarda autour d'elle et vit les Limatières au milieu des biquettes. Les sœurs Mosset, Jacqueline et Mireille, béguetaient avec des bergers de Méounes. La tractation était âpre. On se jetait des chiffres à la figure. La Jacky exaltait les qualités de ses bêtes ; Mimi la soutenait. Il y eut un silence. L'aînée du veuf de Limate venait d'apercevoir Valentine. Elle se pencha vers sa sœur et chuchota quelques mots. Mimi fit une moue de dégoût en contemplant la pauvresse de Maramoye. La Jacky allait lancer une cochonnerie mais elle se ravisa. La présence de Victorine au côté de la pauvresse lui coupa le caquet.

— Les filles du veuf n'ont pas l'air de te porter dans leur cœur, constata la petite de Signes la Noire. Ma tante Marthe avait vu juste.

— Je ne crains pas les sottes, répondit en souriant Valentine.

La Morin avait peut-être dit vrai, mais c'était une vérité qui ne pesait pas. Valentine se fichait de la méchanceté des sœurs Mosset. Elle avait vécu des expériences plus difficiles à Saint-Zacharie et à Rougiers. Elle oubliait déjà les filles du veuf quand la main de Victorine se durcit dans la sienne.

— Qu'y a-t-il ? demanda-t-elle.

— Je ne sais pas, une impression...

Victorine relâcha son étreinte. Pendant une fraction de seconde, elle avait senti la présence d'un esprit à l'affût. Ce n'était pas celui de la Jacky. Il était bien plus visqueux, tordu. Il était tapi quelque part dans la rue Marseillaise. Inutile de chercher à qui il appartenait ; il y avait au moins trois cents personnes sur le tronçon pavé de bois.

Sur les marches de la rue des Fours, l'ombre comprit que la petite sorcière l'avait devinée ; elle grimpa vers la place d'Amour où se resserraient les plus vieilles maisons du village et les ruines d'un château. L'obsession de la fiho ne la quittait plus.

Dans le flot indiscipliné de la foule, Valentine était loin de se douter qu'elle était devenue gibier. Pas Victorine. La petite fille tendait ses antennes. Marthe lui avait appris à imiter les insectes qui, disait-elle, savaient lire les invisibles messages des êtres vivants ou « surnaturels ». Au début, pour parvenir à saisir les pensées portées par le vent, elle se servait d'une noisette pour amplifier son don. Aujourd'hui, elle n'en avait nul besoin. Comme elle ne décelait rien d'alarmant, elle ferma son esprit à la cacophonie ambiante. Il y avait un autre moyen de connaître les événements à venir.

— Nous allons rester amies pour toujours, n'est-ce pas ? demanda-t-elle d'une petite voix à Valentine.

— Pour un moment au moins, jusqu'à ce que la mort ou la trahison nous sépare.

— Ça, on peut le savoir ! s'exclama Victorine.

Elle saisit les deux mains de son amie et les pressa, ses jointures luisant d'un éclat blanc sous le nacre de sa peau. Valentine fut effrayée par l'intensité de son regard quand elle ajouta :

— Nous n'avons pas besoin de promesse. Si tu t'ouvres à moi, je peux voir ton futur.

Valentine déglutit en se mordillant la lèvre inférieure.

— Victorine, je ne veux pas. Suppose que tu voies quelque chose de terrible. Si je dois mourir dans une heure, je ne veux pas le savoir. Je ne veux pas en être sûre. Comme cela, je pourrai toujours espérer. Mon sang est clair, il suffit à faire battre mon cœur, à faire avancer mes pieds à chaque instant ; je ne veux pas que tu l'empoisonnes avec des prédictions.

— Mais justement, les prédictions, lorsqu'elles sont mauvaises, on les pare, comme un coup d'épée au combat. Moi je sais dévier le cours du destin, mes tantes me l'ont appris ! dit fièrement Victorine.

— Puisque tu y tiens tant, dis-moi si je vais tirer un bon prix de mes peaux.

Victorine se mit à rougir. Elle était vexée. Quand elles remontèrent la rue aux Juifs, ce fut dans le silence. De chaque côté de l'étroite voie, des ouvriers portant la kippa travaillaient le cuivre. Entre leurs doigts roussis par le métal brûlant qu'ils retiraient des fourneaux, des objets usuels prenaient forme. Ils écrouissaient peu à peu des cruchons et des casseroles. Les marteaux à boule retombaient avec de petits clappements gloutons sur des braisières, des plats et des chaudrons. Des roses, des calices et des sangliers naissaient sous d'habiles coups de ciseau et les copeaux rouges, minces et lunés comme des bouts d'ongle piquetaient les barbes de houille des artistes. Valentine découvrait un monde nouveau, des enfants à l'étude avec des vieillards, des femmes et leurs filles attelées à des métiers à tisser; les fils de coton se mêlaient en cornes d'abondance, en perroquets du Mexique, en figures de saints, sous les écheveaux des paysages idylliques prenaient forme pour chasser la mélancolie des bourgeoises de la ville. Victorine remarqua l'intérêt de son amie pour la communauté juive. La bavarde ne put s'empêcher de commenter :

— Ils sont là depuis longtemps. À ce qu'il paraît, ma tante le raconte, les Dames d'Amour de Signes les ont protégés au temps des Croisades. Ils aiment le commerce; ma tante a signé un contrat avec leur patriarche.

— Un contrat?

— Oui... On fait des échanges... Ils nous apprennent l'hébreu... Ah! Voilà le trou à rats de Grange.

Valentine aurait voulu en savoir plus sur le mystérieux contrat qui liait les femmes de Signes la Noire aux Juifs du village mais, visiblement, la petite ne voulait plus rien ajouter. Elle avait glissé sa tête dans une lucarne et s'adressait à quelqu'un.

Une minute plus tard, une porte s'ouvrit et un vieillard maigre en blouse grise apparut.

— Bonjour, monsieur Grange, dit Victorine sur un ton matois.

— C'est pour quoi ?

Grange n'avait pas l'air heureux de voir la nièce de Marthe. Soucieux, agacé, il contemplait les deux visiteuses comme si elles étaient des gitanes en quête d'un mauvais coup.

— Je viens vous vendre des peaux de lapin, dit Valentine.

— Moi, j'achète à qui je connais, répondit le bonhomme.

— Elle est nouvelle. Son père s'est installé à Siou Blanc pour faire de l'huile de cade. La tradition veut qu'on vienne en aide à ceux qui essaient de vivre sur le grand plateau.

— Quelle tradition ? Celle des Limatiers ? J'en ai jamais entendu parler !

— La vieille tradition signoise de l'an mil. Ma tante dit que de grands malheurs s'abattent sur ceux qui ne la respectent pas ! Tè, même que la rivière a détruit le haut du village quand les meuniers ont refusé de vendre leur farine aux gens de Siou Blanc ; ça c'est passé il y a longtemps et il y a eu beaucoup de morts.

Le bout du nez de Grange se colora de rose, ses yeux s'ouvrirent comme pour mieux voir la catastrophe. Il avait entendu cette histoire de rivière enragée, mais jusqu'alors, il en avait toujours ignoré la cause. Il aurait dû s'en douter : les meuniers sont pourris. Ils ont trafiqué de tout temps avec les évêques ou les autorités. Marthe l'avait dit et la parole de Marthe avait force de loi.

— Il fait sa mino de cagaire[1], mais il va te les prendre, tes peaux, ajouta tout bas Victorine.

Grange parut réfléchir. La présence de Victorine pesait lourd dans sa décision. Avec cette petite teigne, on ne savait jamais ce que demain vous réservait ; elle pouvait lancer un sort, invoquer des milliers de mites. Alors, adieu les réserves de peaux, les belles zibelines qu'il assemblait en manteaux pour les riches familles des bastides et des châteaux, les bonnets en rat musqué, les dépouilles de loups qu'il achetait cinq francs et qu'il revendait vingt aux fourreurs de Marseille.

— Montre, dit-il à Valentine.

La jeune fille détacha les peaux de son dos. Il les examina, les sentit, les piqua avec l'une des nombreuses aiguilles qu'il portait au niveau du cœur à la manière d'un général médaillé. Il restait professionnel et ne se précipitait pas, ne voulant pas perdre la face, car sa décision était prise depuis trois bonnes minutes. Il allait payer pour la tradition, pour protéger sa maison et dans l'espoir que Marthe intercède en sa faveur auprès de ses ancêtres, les Grange et les Boyer, qu'il n'honorait plus par des fleurs sur la tombe familiale.

— Je t'en donne quinze francs, dit-il.

Les yeux de Valentine s'écarquillèrent. Quinze francs... Trois cents sous... Sept jours de salaire pour une ouvrière qualifiée... une robe gansée de

1. Son air de constipé.

satin... Les équivalences se succédaient dans sa tête. La somme était énorme. Elle demeurait interdite devant la main osseuse que lui tendait Grange et qu'elle devait frapper pour conclure l'affaire. Elle allait le faire quand Victorine intervint.

— Vingt francs ! Elle en veut vingt francs !

— Tu perds la testo ! s'exclama Valentine.

— Vingt francs ! Quinze pour la qualité et cinq pour la tradition ! Allons, monsieur Grange, l'hiver va être rude et quelque chose me dit que l'an prochain il y aura une forte demande de cuir et de pelisses. On le sait : Barbiè senso glori, noutari senso escritori e pellissiè senso peou, valoun pa un cascaveou.

Le bout du nez de Grange passa du rose au rouge. « Barbier sans orgueil, notaire sans écritoire et pelletier sans peau ne valent pas un grelot. » Il ne connaissait que trop ce proverbe. Voulait-elle insinuer qu'il pouvait tout perdre ? Il frappa lui-même la main de Valentine.

— Va pour vingt francs !

Sorties d'une obscure bourse surannée, quatre pièces de cinq francs alourdirent soudain la main de Valentine. Plus précieuses et plus resplendissantes que les monnaies de bronze qu'elle avait l'habitude d'utiliser, les pièces d'argent étaient frappées de l'effigie de l'empereur et des armes de l'Empire. Pour un peu, elle aurait embrassé la tête laurée de Napoléon III.

— Merci ! dit-elle.

Grange haussa les épaules. Il avait fait son devoir. Il échangea un regard avec Victorine. La merdeuse souriait ; elle hocha la tête en signe d'assentiment. Il en fut soulagé.

Quand le Grange s'enferma dans son atelier, Valentine laissa éclater sa joie et baisa les joues de son amie.

— Ce n'est que vingt francs, dit cette dernière qui n'attribuait aucune importance à l'argent.

— Pour moi, c'est beaucoup ! Je n'en ai jamais autant eu. Tout ça grâce à la tradition. Ce village doit être protégé par la Madeleine !

Ce fut au tour de Victorine de rire aux larmes. Elle entraîna Valentine loin de la maison de Grange et mit un temps infini pour s'exprimer. À chaque tentative, elle s'étranglait, s'esclaffant, les mains au ventre.

— Qu'ai-je dit de si risible ? demanda Valentine qui commençait à partager son hilarité.

— Pas... pas toi... Oh ! Seigneur !... Ma rate...

— Mais explique-toi.

— Le Grange... Il a tout... gobé.

— Gobé ?

— Mais oui, gobé... La tradition... J'ai tout inventé !

— Quoi ?

Valentine fut partagée entre déception et jubilation. L'entrain de Victorine l'emporta. Elle arriva, radieuse, au relais du Cheval Blanc. La diligence pour Marseille venait de partir. Celle de Toulon apparut. Se rendre au port de guerre était une solution. Mais la ville était pauvre et les modistes du cours Lafayette proposaient à bas prix des reliquats d'un autre âge. Elle voulait du neuf, de la qualité et du confort.

— J'irai à Aubagne, demain, décida-t-elle.

— Alors accompagne-moi à Signes la Noire, je te montrerai les plus vieux arbres du pays et les restes du temple païen.

— Non, je vais retourner chez moi ; l'huile ne va pas tarder à couler.

À cet instant, une saveur âcre monta du fond de la gorge de Victorine. Le trot lourd des quatre chevaux de la patache grinçante, le brouhaha du village, tous les bruits se résorbèrent. Son don de voyante se manifestait. Elle sentit le danger. Fermant les yeux, elle roula de la tête dans tous les sens. Valentine, qui l'épiait, se demanda si elle ne souffrait pas.

— Il est là, dit tout bas Victorine ; il porte le mal en lui ; il est comme la bête des bois. Méfie-toi, il va chercher à te nuire.

Victorine ouvrit soudain les yeux et lança un regard de flamme autour d'elle. Elle ne repéra pas le danger en chair et en os qu'elle savait proche. Son amie était en péril et elle ne parvenait pas à mettre un nom ou un visage sur l'être menaçant qui les suivait depuis deux bonnes heures.

— Pouerc ! jura-t-elle avant de se concentrer à nouveau.

Malgré ses efforts, elle n'arrivait pas à ses fins. Elle voyait Valentine anéantie, l'honneur perdu, l'avenir d'une jeune fille brisé à jamais. Il fallait contrer ce destin.

— Je vais t'accompagner à Maramoye ! dit-elle.

— Non, tu ne peux venir, c'est le jour de l'huile et nous avons nos rites secrets. Nul ne doit pénétrer ni même approcher les bois de cade.

— Jusqu'au Fichu ; j'irai pas plus loin.

— Ni au Fichu, ni plus près. J'irai seule.

— Il était là, je l'ai senti, il prépare un mauvais coup !

— Qui ?

— Je ne sais pas.

— Eh bien, qu'il vienne donc, j'ai de quoi le recevoir, répondit Valentine en tâtant le coutelas qu'elle portait sous sa chemise.

— Testarde ! Faudra-t-il que j'invoque les forces cachées pour te venir en aide ?

— Invoque ce que bon te semble... Allez zou ! Souris, les fantômes sont dans ta tête ; regarde autour de toi, moi, je ne vois rien de redoutable.

Valentine lui montra d'un vaste mouvement du bras les paysans aux bonnes trognes, les voyageurs heureux d'en finir avec les cahots de la diligence, les moines replets de Montrieux sur leurs ânes, le garde-chasse un peu ivre qui louvoyait avec ses camarades braconniers. Victorine feignit d'admettre qu'elle se trompait. En elle, d'autres dons s'éveillaient. Quand son amie reprit le chemin des collines, elle se rendit au cimetière et se mit à invoquer les puissances de la nature.

11

Vous, femmes de quarante ans,
Qui avez des filles de quinze ans...

Son bonheur était total. La chanson des fileuses l'habitait. Les quatre pièces d'argent tintaient dans la poche de sa chemise. Valentine chantait à haute voix et la grande joie des paroles s'épandait à travers les futaies clairsemées jusqu'au bleu lumineux du ciel. Les corbeaux, les merles, les écureuils ne s'enfuyaient plus à son approche. Elle s'en émut ; ils participaient à son allégresse. Par moments, des branches ébranlées par les battements d'ailes des oiseaux qui venaient l'écouter, les feuilles mortes se détachaient et tombaient sur elle. Elle recevait ces caresses cuivrées comme une marque d'affection des arbres.

Elle se sentait si légère qu'elle atteignit la crête du Fichu en moins d'une demi-heure. Du haut de cette avancée rocheuse, elle salua le village. Signes, le nom avait une signification ancienne. Les habitants d'aujourd'hui en avaient oublié l'origine.

Mais Valentine croyait le connaître ; elle le voyait blotti entre les bras des collines paisibles, sous l'or chaud du soleil. Il signifiait paix et prospérité.

Ses godillots aux semelles cloutées firent un bruit glacial sur les rochers plats quand il sauta pour se mettre à couvert derrière un buisson. La fiho avait failli le surprendre en se retournant. Cette satanée garce grimpait plus vite qu'une chèvre. Il suait dans ses deux chemises bistres héritées du Mexique où son régiment avait été décimé. Puebla, Apizaco, Jalapa, Orizaba étaient aujourd'hui des mots creux qui hantaient parfois les limbes de sa tête folle. Elle avait été trouée par un éclat de boulet et elle lui faisait parfois très mal.

Mais en cet instant, le mal était ailleurs. Son cœur avait bondi, une lame chauffée à blanc s'était glissée dans sa poitrine, il se retint pour ne pas gémir. D'où il était, en contrebas de la fiho, il plongeait ses regards dans l'intimité des jupons soulevés par la brise. Louis Reynard, petit-neveu de Mosset, ne s'embarrassait pas de sentiments. Le sang de ses ancêtres bouillait en lui et ses ancêtres ne venaient pas de la ville. La hache et l'épée entre les mains, ils avaient cheminé pas à pas il y avait des siècles, venant des lointaines brumes d'outre-Rhin, avant de devenir Limatiers. De cette histoire confuse, il ignorait tout. Il savait simplement que sa race légendaire était crainte, qu'elle avait été créée pour soumettre bêtes, éléments et femmes. Une race d'hommes.

La bise souffla, la robe gonfla, les yeux de Louis rapetissèrent. Ils tenaillaient les chevilles et les mollets de la belle et remontaient le long des cuisses ombrées. Poussé par son violent désir, Louis s'efforça de ramper. Il voulait en découvrir un peu plus. Ses godillots raclèrent le sol, alertant la fiho.

Valentine fut distraite par le bruit qui n'appartenait pas au monde de la garrigue. Elle vit l'homme à demi allongé derrière un buisson et, quand il se releva, elle le reconnut : le Limatier rappelé à l'ordre par le veuf. Une brute, une ébauche d'homme qui la contemplait avec un horrible appétit. Elle quitta la crête. Il cria :

— Reste, reste, la fiho, Louis te fera pas de mal !

Elle se mit courir. Quand il parvint à l'endroit où elle se tenait quelques secondes auparavant, il la vit disparaître entre les cistes. Il oublia ce qu'il venait de crier et trouva tout naturel de la poursuivre, car son ventre et sa pensée lui intimaient l'ordre de la rattraper, de la faire sienne, de l'enlever et de l'emmener à Limate. Le clan avait besoin de sang neuf. Il poussa un long rugissement et s'élança sur les traces de la belle. Il n'avait nul besoin de l'apercevoir ; il la sentait, il la humait ; elle laissait derrière elle un indéfinissable parfum de plantes dominé par la fragrance acide du cade.

Une fois de plus, Valentine comptait sur son agilité et sa rapidité. Le lourdaud n'était pas de taille à rivaliser de vitesse avec elle sur le terrain accidenté du Fichu. Du moins, elle le croyait.

— La fiho ! Attends Louis !

L'appel affreux retentit derrière elle. Elle jeta un

œil par-dessus son épaule et le vit louvoyer entre les obstacles. Ses jambes courtes mais véloces se détendaient comme des ressorts et il bondissait sur les grosses pierres. Ses épaules trapues oscillaient entre le balancier de ses bras étendus. Dans ses chemises larges et informes, son pantalon de velours rapiécé, il avait l'air d'un épouvantail vivant. Cette image la frappa et la terrorisa car des corbeaux volaient tout près de lui.

Valentine serra les dents et demanda plus d'effort à ses jambes. À un moment, une faille apparut. Le sol s'ouvrait sur une longueur de trente mètres et une largeur de quatre. Elle n'eut pas le temps d'estimer la profondeur ; elle sauta sans hésitation. Ce fut juste. Sous ses talons, des mottes se détachèrent et tombèrent dans le vide, mais ses mains se saisirent des tiges d'un buisson qui poussait sur le bord. Par chance, c'était du houx, un solide verd-bouisset aux feuilles coriaces et piquantes. Elle tira sur ses bras et ramena son corps vers l'avant. Courir, mettre de la distance entre elle et le Limatier était la seule chose qui importait. Elle espérait qu'il ne franchirait pas la faille d'un bond, mais il le fit, retombant beaucoup plus loin qu'elle. Alors, elle se vit perdue. Le sol devint pentu, envahi par de petits chênes, favorisant sa souplesse. Elle reprit un peu d'avance, le perdant même de vue. Elle était cependant trop épuisée pour continuer à ce rythme et songeait déjà à se battre quand la ruine du Fichu[1] apparut.

1. Aujourd'hui, il n'en reste pratiquement rien.

Ces ruines appartenaient à un temps révolu. Forteresse, bastide fortifiée, restes d'un fief barbare, nul ne savait qui avait levé ces murs épais et ces arcades rongées par les guerres, le mistral et le gel. Valentine s'orienta. L'endroit paraissait propice pour se cacher. Les abords du site étaient encombrés d'arbres vénérables, certains sur leurs racines et d'autres morts, pourris, tombant en poussière. Il y avait aussi une foule de vieilles carcasses de fardiers emmenés et abandonnés là depuis le désastre des Austro-Sardes dans la plaine de Signes. Des charrettes, des haquets et des tombereaux inutilisables, transformés en squelettes difformes, attaqués par les ronces et les orties, comme des tumeurs sortant du chaos.

Valentine s'aventura entre les débris et gagna les ombres de l'antique construction. Des boyaux, des trous, des passages s'ouvraient devant elle. Des odeurs animales, de bois brûlé et de champignons émanaient de ces abris précaires. Elle s'enfonça sous une voûte et se dissimula derrière un pilier. Elle ne parvenait pas à reprendre son souffle, mais, en cet instant de suprême danger, elle réussit cependant à refermer ses doigts sur le manche du coutelas. L'arme lui redonna courage.

La fiho jouait avec lui. Sûr ! Sûr de sûr, un jeu pour mieux se faire désirer. Son cerveau destimbourlado[1] arrangeait la situation.

— Porcasse ! haleta-t-il. Puisque tu veux jouer, Louis va jouer avec toi. Après, le veuf nous unira !

1. Dérangé.

Il ne s'élança pas immédiatement à la recherche de la fiho. Il récupéra ; sa face camuse, rouge et poilue, baignée de sueur, la bouche ouverte avalant les goulées d'air vicié de la ruine. Il ne venait jamais là. Le veuf l'interdisait. « Un lieu hanté, affirmait-il, avec des bêtes ailées qui vous sucent le sang. » Et ces êtres volants n'avaient rien des chauves-souris. Louis regarda au-dessus de lui. Ces sales corbeaux suivaient aussi la fiho, mais ce n'était pas non plus des démons ailés. Ses observations terminées, il reprit son attitude de carnassier, humant l'air. Son odorat ne le trompait pas : la fiho l'attendait.

Valentine attendait dans l'ombre des pierres usées. Les secondes inexorables s'écoulaient. Elle restait de pierre, insensible aux insectes que sa présence réveillait. Elle s'efforçait de maîtriser ses nerfs et ses grands yeux couleur de nuit ne quittaient pas le jour par lequel elle était venue. D'une pâleur de cire, l'effroi au ventre, elle guettait les moindres bruits. Où était-il ?... Puis l'arme qu'elle maintenait fermement dans son poing suffit à lui redonner espoir. Qu'il vienne ce salopard et elle le saignerait comme un mouton d'une oreille à l'autre !

Le Limatier n'était pas loin. Il avait retrouvé la trace de la femelle sous ses narines frémissantes. Elle se tenait au fond d'un passage. Il se glissa silencieusement entre deux murets et attendit. Des jets de sang sollicitaient ses chairs et le désir de la bête montait.

« Louis, pas bouger, c'est le jeu. »

Et il ne broncha pas. Quand, l'hiver, il attendait

le sanglier au poste, il pouvait rester des heures immobile dans le froid et la neige, le fusil glacé en travers du ventre. Il aurait la fille comme il tirait le cochon. Par surprise.

Que faisait-il ? Avait-il poursuivi son chemin vers la Faïsse de Rey ? Valentine s'interrogeait. Elle se fixa un délai avant de quitter sa cache et compta jusqu'à cinq cents. Les chiffres s'égrenèrent lentement entre ses lèvres. Rien ne venait troubler la lumière crue de l'ouverture.

— 356, 357, 358...

Il était parti... Il était parti... Elle allait pouvoir s'échapper. Elle usa ses yeux à en pleurer à force de surveiller l'entrée sans ciller.

— 498, 499, 500 !

Elle prit une profonde inspiration. Pas un bruissement, pas un froissement ne venait de l'extérieur ; elle n'entendait que la cadence de son cœur contre ses côtes. Elle avança sous la protection de la pointe aiguë de son couteau. L'entrée se rapprochait.

Avant même de percevoir les infimes crissements des pieds de la fiho, Louis la devina à son parfum. Il se tassa, imitant le loup qui va bondir. Le sang incendia son visage et fit briller ses yeux qui perdirent leur expression stupide. Quand elle apparut de profil sur le seuil, il se détendit et la renversa de tout le poids de son corps.

Valentine ne l'avait pas vu surgir. Ce fut comme un grand singe chargé d'une odeur de crasse et d'urine qui l'enveloppa et la fit tomber. Dans sa chute, elle perdit le couteau. Elle essaya de le reprendre au jugé ; aussitôt la main du Limatier emprisonna la sienne et la ramena au-dessus de sa tête.

— Tu es belle, souffla-t-il. Tu es à moi. Après, on se mariera.

Valentine se tordit. Il avait une force prodigieuse. Il parvint à faire glisser la deuxième main sous la sienne, lui brisant presque les os sous la tenaille de ses doigts.

— À moi ! cria-t-elle. À moi !

Il s'en étonna. Elle avait perdu, elle devait se soumettre. Elle ne voulait plus jouer. Son cerveau épais rectifia alors la règle.

— La femme doit subir ou mourir, telle est la loi !

C'était une loi qu'elle ne connaissait pas. La loi des Limatiers. Elle comprit qu'il irait jusqu'au bout si elle se refusait à lui. Il n'émanait aucune pitié du faciès brutal de l'attardé penché sur le sien. Les yeux écartés étaient gorgés de sang, un filet de bave coulait sur les poils du menton fuyant et la bouche ouverte sur des dents gâtées distillait un remugle à faire vomir.

Gagner du temps. Le mettre en confiance. Valentine pensait à son couteau. Il fallait que la brute se relâche et libère ses mains.

— Sois gentil, dit-elle.

Ces deux mots firent de l'effet sur le Limatier. Louis eut un sourire, mais il ne la libéra pas. Le veuf le répétait souvent. Méfiez-vous des femmes, battez-les souvent, un homme de paiho voou une fremo d'or[1]. Le veuf détenait la vérité. Dans le

1. Un homme de paille vaut une femme d'or.

mouvement que la fiho fit avec son visage, il comprit qu'elle cherchait à repérer le couteau. Il ricana. Lui, Louis Reynard, n'était pas un homme de paille, ni un sot. Pourtant, elle le dérouta quand elle ajouta :

— As-tu pensé à la bague du mariage ?

La bague. Comment avait-il pu ne pas y penser ? Cette question lui cassait la tête. La douleur se réveilla sous l'ancienne fêlure. Il hurla :

— Tais-toi ! Tais-toi !

Elle se tut, mais ne perdit pas l'espoir de l'amadouer. Elle se fit molle, souriant à son tour malgré la peur, le galop de son cœur, ses pensées pour Fabien. La fiho était vaincue, elle allait lui appartenir. Pour la bague, il verrait plus tard. Louis contemplait sa proie chétive, promise au plaisir. Il s'en lécha les babines, ses doigts libres et moites se saisirent d'un sein à travers la chemise. Elle souriait toujours. Cette fois, elle était à lui. Louis ne vit pas l'étincelle de haine dans le regard de Valentine. Son désir était là, trop présent dans ses veines, trop entier dans sa tête, trop dur sur son ventre. Une marée rouge le submergea et il n'eut plus qu'une envie : posséder cette chair blanche et secrète.

— Pas comme ça ! Pas comme ça ! cria-t-elle dans une ultime tentative alors que, d'une main rude et maladroite, il cherchait à remonter sa jupe.

Il l'entendait à peine. Il parvint à dénuder les cuisses. Le plus dur restait à accomplir. Il y était arrivé une seule fois avec une parente lors des moissons, les autres viols, ceux du Mexique, il les avait oubliés. Sa mémoire s'en était allée par la fêlure. Pourquoi la fiho criait-elle ? Elle était si docile...

— Prends-moi puis tue-moi !

Cette voix l'insupportait. Son poing vint cogner la tempe de Valentine. Il allait réussir à l'assommer quand il entendit au-dessus de lui, tout près, un battement d'ailes lourd, puis un croassement rauque. Son instinct l'avertit d'un danger, mais il n'eut pas le temps d'y faire face.

Valentine vit le corbeau s'abattre sur le crâne de son agresseur. Il était énorme, d'un noir luisant, le bec pareil à un pic. Louis grogna, secouant fortement la tête alors que ce bec s'attaquait à son front et cherchait à atteindre les yeux.

— Crève-le ! crève-le ! lança-t-elle.

Louis fut obligé de lui lâcher les mains et cessa de forcer ses cuisses. Il s'en prit au corbeau. Il jurait, un filet de morve se balançait à la pointe de son nez, du sang perlait à son front. Il se tordait sur lui-même et donnait l'impression de lutter contre le formidable bouillonnement d'énergie noire l'attaquant dans toutes les directions. À un moment, il attrapa l'oiseau.

— Bête du diable ! rugit-il. Je vais te tordre le cou !

Valentine en profita pour le déséquilibrer d'une violente poussée car il était toujours sur elle, lui chevauchant la taille. Elle roula sur le côté, se saisit de son couteau et se fendit pour le lui planter dans le mollet. Il hurla et rejeta le corbeau au loin.

— Tu vas payer !

Elle n'allait rien payer. Rien. Ce salopard était encore en dette avec elle. Elle évita les ongles fouettant l'air, le contourna et donna un second coup de couteau. La lame s'enfonça sous l'omoplate du Limatier. Quand elle la retira, Louis râlait et la maudissait. Elle n'attendit pas qu'il se relève ; elle se mit à courir vers la Tête de la Paillette.

Dans le petit cimetière de l'église Saint-Pierre, assise sur l'une des tombes sans nom que nul ne venait fleurir depuis des générations, Victorine relâcha soudain l'étreinte de son esprit sur les forces de la nature. Venir là était une épreuve. Le flux de vérités, de peines, de regrets qu'elle y recevait s'accompagnait irrépressiblement d'images implacables — scènes bouleversantes surgies du passé des défunts. Il y avait des âmes qui refusaient de quitter ce monde ; Marthe affirmait qu'elles n'avaient pas achevé leur mission et cherchaient à se réincarner dans les êtres et les choses. Il y avait aussi les suicidés, les assassinés, les pestiférés et l'écho d'événements si terribles qu'on en était bousculé au plus profond de soi. Victorine avait appris à maîtriser ces mauvais tourbillons. Ses tantes l'avaient emmenée dès l'âge de trois ans au cimetière et dans maints endroits semblables. Elles savaient tirer profit de cet invisible bouillonnement. Avec un peu d'expérience, on pouvait communiquer. Avec de la pratique, il était facile de se faire obéir par les âmes en quête d'un corps. C'était ce que la jeune adolescente venait d'accomplir. Quand le corbeau revint se poser sur la croix brisée où elle avait invoqué les forces, elle sut que son amie s'en était tirée. Le bec ensanglanté s'ouvrit alors pour un croassement lugubre.

Valentine traversa la garrigue dans un état second. Le moindre bruit la remplissait d'angoisse. Il lui semblait que le Limatier allait apparaître. Elle laissa Limate et ses dangereux habitants derrière elle après un détour. Comment allait-elle vivre à présent ? Elle aurait dû l'achever. D'une oreille à l'autre, comme elle se l'était promis. Par son manque de lucidité, elle venait de mettre en danger sa famille. Le veuf et ses hommes viendraient venger leur parent. Elle songea aux conséquences, au départ précipité, à l'errance. Elle jeta un regard dur vers le ciel. Dieu n'était pas bon avec eux. Dieu n'envoyait jamais d'épreuves aux riches. Dieu les punissait au moment où la vie allait reprendre.

À Maramoye, la vie battait son plein. Joseph et Maryse riaient. Accroupis devant la gueule du four, ils observaient l'écoulement de l'huile dans la cornue. Le cade perdait son gras, il n'en finissait pas de pisser l'huile. Deux litres reposaient dans le fond de la cornue. Il y en aurait bientôt trois, peut-être quatre. Le filet onctueux conservait le même débit, avec une puanteur qui ravissait les Bonifay.

— Regarde-moi ça ! Regarde comme il sue ! s'écriait Joseph.

Il prenait sa femme par les épaules, la baisotait, la chatouillait. Elle gloussait, il s'esclaffait. Tous deux pensaient déjà à la deuxième cuite, au défournement du cade, au nettoyage, au nouveau remplissage. Ils avaient préparé plus de cent kilogrammes de genévrier en morceaux. Au train où allait la production, dans deux semaines, il y aurait plus des trente litres d'huile escomptés. Alors Joseph descendrait à Marseille bien avant l'aube pour vendre son trésor. Il arrivait toujours le premier devant l'hôpital du Saint-Esprit. Quand cinq heures sonnaient, il s'installait avec Babi et ses bidons dans un coin, toujours le même, et restait là à attendre les pharmaciens, les docteurs et les savonniers, jusqu'à ce que ses poches soient pleines de francs et ses récipients vides.

Valentine s'approcha silencieusement de ses parents. Leur bonheur la forçait à taire son malheur. Les yeux adoucis par la joie de sa mère, elle s'accroupit entre eux.

— Vois, ma fille ! s'exclama Joseph. C'est de l'or qui coule.

Il lui allongea un baiser sur la joue. Oubliée, l'altercation du matin ; oubliées la misère, les privations ; l'huile absolvait tout. Joseph était comme un enfant. Il croyait aux miracles et la distillation du genévrier en était un.

— On a fini de souffrir, dit Maryse en prenant sa fille contre elle.

Valentine regardait couler l'huile ; elle lui rappela le sang impur du Limatier. Des larmes montèrent à ses yeux et l'une d'elles roula sur son visage. Quand Maryse vit cette perle, elle s'en étonna.

— Allons, fillette, tu ne vas pas te mettre à pleurer maintenant. N'est-ce pas un beau jour ?

— Si maman, c'est un beau jour.

12

Quatre mois s'écoulèrent. L'année 1870 s'annonça propice pour les affaires. La France et la Prusse n'étaient plus en crise. Bismarck, pressé par l'empereur Guillaume Ier et les dirigeants de son pays, avait momentanément renoncé à la candidature d'un Allemand au trône royal d'Espagne vacant depuis septembre 1868. Le spectre de la guerre reculait et, partout en Provence, on louait la politique libérale du chef du gouvernement, Émile Ollivier. Joseph Bonifay était de ceux qui criaient « Vive Napoléon ! ». Certes, il cachait ses opinions face au baron de Guillibert quand, une fois par semaine, il se rendait avec Maryse et Valentine à la Bastide Basse pour partager la soupe et le rôti. Mais le baron n'était pas dupe. Le cadier profitait du système, spéculait sur les bénéfices car le prix de l'huile ne cessait de grimper.

En quatre mois, Joseph avait remboursé ses dettes aux Guillibert, fait recouvrir de tuiles le toit du cabanon, vitrer les fenestrons et carreler le sol. À présent un gros poèle ronflait entre les deux matelas achetés à Aubagne et Maryse pouvait changer de robe. Dans sa prodigalité, son fou d'époux l'emmenait tous les quinze jours au marché de Signes et lui laissait carte blanche avec vingt ou vingt-cinq francs. Prudente et peu habituée à dépenser pour le plaisir, elle en économisait chaque fois la moitié, ce qui provoquait l'amusement et les railleries de Joseph.

— On prépare sa petite rente, disait-il.

— Je place tout chez maître Sabatier, répondait-elle avec aplomb.

Elle aurait bien voulu placer son argent chez le notaire, mais elle n'osait pas pousser la porte de l'étude. Alors, elle dissimulait ses pièces d'argent dans un pot, sous une pierre plate qui recouvrait une faille à quelques dizaines de pas de la maisonnette.

Le jour même du remboursement des loyers de la terre, Anne de Guillibert les avait conviés à partager le repas. On recommença la semaine suivante et l'habitude fut prise. Les Bonifay purent ainsi suivre les progrès du petit Pierre. Le garçon savait lire et écrire à présent. Il était doué. Il était capable de décrypter les journaux révolutionnaires du baron et de vérifier le total des additions et des soustractions sur le grand cahier des comptes tenu par Fabien.

Le bonheur aurait été parfait sans la mélancolie de Valentine. Mademoiselle Anne le constatait à chacune de leurs visites. Fabien en souffrait car il voyait la jeune fille presque tous les jours. Lui ne pensait pas « mélancolie » mais « abattement ». Elle avait profondément changé à son égard. Au moment où Valentine et lui étaient tombés amoureux, il y avait eu une période de communion semblable à celle que connaissent tous les amoureux aux premiers jours de leur liaison. Il devinait ce qu'elle allait lui dire ; elle sentait ses besoins. Ils communiquaient entre eux sans se parler. Cette grâce de se comprendre par un simple battement de cils semblait perdue à jamais. L'esprit de Valentine s'était fermé et une sourde désunion grandissait entre eux chaque fois qu'il tentait d'aller audelà d'un baiser. Il mettait cela sur le compte de l'hiver. Vivre à Siou Blanc pendant la froide saison était une terrible épreuve. Les bergers n'y résistaient pas ; les charbonniers tenaient bon à coups de gnole et de vin. Le plateau appartenait aux loups et aux Limatiers. Conscient de l'effroyable vie que menaient les Bonifay et de l'angoisse de Fabien, le baron avait essayé de prendre Valentine à son service, mais cette dernière avait refusé.

« Mes parents ont besoin de moi ! » s'était-elle récriée malgré la pression de son père qui voyait là une occasion de caser sa fille. Une bouche de moins à nourrir, c'était quelques sous en plus pour le ménage.

Elle était restée. Elle le regrettait.

— Au bois ! Au bois ! beugla Joseph.

Valentine s'ébroua. Elle était restée prostrée une bonne heure devant le poèle, ressassant toujours les mêmes pensées. Depuis novembre, elle s'attendait à la venue du veuf, à la demande de réparation, à la vengeance du clan. Quelquefois, elle s'éveillait la nuit en sursaut, croyant entendre rôder Louis Reynard, mais seul le vent agitait les branches. Le Louis ne s'était plus montré. Peut-être était-il malade, dévoré par la gangrène ou le tétanos ?

— Il faut y aller, dit Maryse en abandonnant la chaussette qu'elle reprisait.

Depuis la première distillation, la mère faisait preuve d'un entrain égal. Elle débordait d'ardeur, retrouvant son allant de jeune fille. Tout en enfilant son épaisse soubreveste de mouton, elle siffla un air militaire.

— Zou ! ne fais pas ton lézard ! lança-t-elle à Valentine qui tardait à revêtir sa casaque et sa cape.

— Je voudrais bien être un lézard !

— C'est ça. Pour finir dans le ventre d'un corbeau ! Tu aurais pu faire la demoiselle à la Bastide Basse, tu as préféré la garrigue.

— J'aurais été la servante du baron.

— Eh bien, à présent tu es bûcheron à Siou Blanc et tu dois prêter tes bras pour gagner ta soupe.

Effarée par cette réplique, Valentine regarda sa mère droit dans les yeux. Elle vit qu'elle était sérieuse. Maryse avait des airs de Joseph. La même promptitude à changer d'attitude quand l'orage pointait. Elle évita l'examen de Valentine et se précipita sur la bouilloire de cuivre posée sur la plaque brûlante du poêle.

— Seigneur ! Le vin ! Il bout !

Valentine ne se souciait pas du vin de Joseph ; elle abandonna sa mère et sortit. Elle fut immédiatement accablée. La neige s'écrasa sur son visage. Au gré du vent d'est, les paquets de flocons s'accumulaient silencieusement au pied des arbres. La neige, toujours la neige. Même au cœur de la nuit, le ciel demeurait blanc et les collines étaient sans cesse parcourues par les fantômes blêmes de l'hiver. La neige tombait depuis deux semaines. Elle recouvrait les rochers, les trous, collait avec le gel aux sabots de Babi et sous les pieds. Peu de gens savaient ce que devaient endurer les cadiers des montagnes sur les chemins en février. La neige fermait les sentiers, dissimulait les pièges, affamait les loups. Quelquefois, l'aube sentait le fauve. L'odeur venait de la forêt, des chênaies inextricables dans lesquelles s'aventuraient les meutes.

Valentine se contracta. L'odeur était présente. Le vent l'apportait avec lui. Elle s'empara d'une hache sous l'appentis qu'avait construit son père et se dirigea vers le four. Joseph rangeait ses bidons. L'huile avait coulé.

— Six litres et demi ! dit-il fièrement en voyant sa fille. Je vais en tirer soixante et dix francs.

Valentine n'eut aucune réaction. Maryse, qui était sur ses pas, s'extasia.

— On va devenir banquiers !

— De vrais pouercs dorés, je te le dis, ma belle. Les prix grimpent, tu peux remercier l'hiver.

Maryse, le bol de vin fumant entre les mains,

sembla adresser une courte prière au Ciel tandis que Joseph offrait ses bras et son visage à la neige.

— Ton vin, Joseph.

Elle lui tendit le bol. Il avait la face rougie par le froid, des flocons recouvraient ses sourcils et les poils épars de sa barbe. Sous son chapeau de feutre enfoncé jusqu'aux oreilles, il était méconnaissable. Le bol chaud entre ses doigts lui arracha un frisson.

— Ça, c'est le véritable ami des travailleurs ! Tiens, Valentine, bois un coup. T'as des idées noires à chasser.

— J'en veux pas.

— Tu es une vraie couillotti.

Il ne le proposa pas à Maryse. Elle ne supportait pas une goutte d'alcool. Au début de leur union, il l'avait forcée à boire mais elle rendait immédiatement le bon jus de treille.

— Le vrai ami des travailleurs et le sang du Seigneur, dit-il.

Il promena le bol devant ses narines dilatées, le porta à sa bouche avec gloutonnerie et le vida d'un trait. Puis se léchant les lèvres, il contempla sa fille avant de conclure :

— Eh oui, une vraie couillotti. Je suis sûr qu'elle est toujours vierge. Qu'est-ce que tu attends pour ferrer ton Fabien ? Moi, à ta place…

— Tu n'es pas à ma place et je t'interdis de te mêler de mes histoires !

— Une fille doit écouter son père. Pense à ce que tu pourrais tirer de cette situation. Les Guillibert n'ont pas d'héritier et…

Ses paroles se tarirent. Elle avait levé la hache et elle était bien capable de lui fendre le crâne s'il s'entêtait dans sa logique. Maryse vint une fois de plus s'interposer entre eux. Elle eut ce regard contrarié qui les ramenait au calme et poussa gentiment sa fille vers les arbres.

— Va couper le bois, il ne l'a pas fait exprès.

Valentine s'en alla, la colère au ventre. Si, il le faisait exprès, il le pensait réellement, il voulait la placer comme on place un pion au jeu de dames et en tirer un bénéfice. Un grand genévrier étendait ses branches en lisière de la forêt. Elle le désigna avec le tranchant de la cognée avant de dégager la neige accumulée à son pied. Ses doigts devinrent bleus ; elle sentait le froid monter jusqu'à ses épaules, mais elle s'en fichait. Elle racla la couche inférieure gelée avec ses ongles. Elle y mettait une sorte de rage qui atteignit le paroxysme quand elle attaqua le bois à coups répétés. Elle frappait en lançant des « Han ». L'arbre tomba presque sans bruit. Elle allait l'élaguer avec la même hargne quand un crissement se fit entendre. Quelqu'un approchait. Elle pensa immédiatement à Louis, puis se ravisa. Le pas était trop léger et rapide. Elle comprit soudain que ce n'était pas un homme.

— Les loups ! cria-t-elle.

Ils arrivaient du plus profond de la forêt, trottant et flairant l'air. Elle en vit au moins huit.

— Les loups ! répéta-t-elle.

Joseph accourut et les repéra. Les bêtes gris et brun progressaient lentement en faisant des cercles. Le Joseph connaissait bien la tactique de ces salopards. Le cercle s'amenuisait jusqu'au moment où l'un d'eux attaquait sur le côté, en traître, à la gorge, précipitant la charge de ses frères.

— Faut qu'ils aient faim, les fumiers, pour nous prendre pour des moutons. Maryse, va chercher le fusil !

Le fusil était un prêt du baron. Son double canon était toujours paré à cracher des chevrotines. Joseph ne le déchargeait jamais.

— J'ai une idée ! lança-t-il en entraînant Valentine vers le four. Prends les fagots de cade.

Valentine s'empara des branches liées que son père revendait aux vignerons. Ils s'en servaient pour tenir les jeunes pieds de vigne. Le cade ne pourrissait pas mais il s'enflammait vite.

— On défourne !

Joseph grimpa sur le toit du four et débloqua les pierres avec le magan. Quand les pierres de blocage furent enlevées, il jeta l'outil et se servit de ses mains. Les moellons volaient au-dessus de sa tête, roulaient, s'enfonçaient dans la neige. Défourner était dangereux. Le cade carbonisé s'embrasa. L'espace fut traversé de flammes multicolores. Disparus les flocons, avec eux le ciel blanc. Le corps de Joseph devint pareil à celui d'un démon au milieu des grandes gerbes d'étincelles. Valentine lui lança un fagot et en présenta un autre au brasier.

— Capoun de Diou ! hurla-t-il, ça chauffe !

Il en avait les poils de barbe roussis. Les fagots

prirent. Valentine fut la première à marcher sur les loups que le feu avait rendus prudents. Ils reculèrent et grognèrent quand elle agita son arme improvisée. Le cade crépitait, pétait, des esquilles tombaient en une pluie rougeoyante aux pieds de Valentine.

— Toi, je vais te griller !

Joseph pensait réellement ce qu'il venait de clamer en dépassant sa fille. Il alla droit vers un vieux loup téméraire qui montrait ses dents. Il paraissait éprouver du plaisir dans cette lutte. En vingt ans et en trois rencontres, il avait toujours pris le dessus sur les bêtes. La partie était facile, les règles à l'avantage des hommes, et le feu, un atout imparable qu'il suffisait de sortir au bon moment.

Joseph se fendit. Le loup s'éloigna. Joseph jura et reprit sa progression. Il s'enfonçait jusqu'aux genoux dans le manteau mou et glacé qui recouvrait le sol. Il venait de franchir la limite qui séparait les genévriers des chênes kermès. Valentine le suivait du regard ; elle ne voyait plus les autres loups. La meute affolée avait fui, laissant derrière elle des sillons. Seul, le vieil animal gris résistait au harcèlement du père. C'était un loup vicieux. Il lançait de petites escarmouches sur les côtés en trottant sous les branches basses des chênes et des buissons, là où la neige était moins épaisse, et évitait d'un bond les attaques de Joseph.

— Salopard ! Viens un peu ! Allez, viens que je te brûle les rognons.

Joseph commençait à sentir la fatigue. Ses jambes s'alourdissaient. Le froid grimpait le long de ses jarrets et endormait ses muscles. Maryse qui venait de rejoindre sa fille s'écria :

— Mon Dieu ! Mon Dieu ! Il est en train de s'épuiser.

Elle portait le fusil mais ne savait pas s'en servir.

— Tiens ! Prends-le ! dit-elle à sa fille.

Valentine contempla l'arme. Sa mère, exaspérée, donna un coup de crosse sur le fagot que portait sa fille. Le cade tomba et le feu mourut presque instantanément dans la neige. Au loin, Joseph commença à craindre pour son propre brandon. Les trois quarts des branchettes étaient consumées et, selon les mouvements qu'il faisait, le feu venait lui lécher les doigts.

— Bordel ! Le fusil ! lança-t-il, alors que le loup semblait deviner son désarroi.

Le fusil était à présent entre les mains de Valentine. Elle avait déjà tiré du temps de son grand-père sur des tuiles ; mais c'était avec un tromblon que pépé Bonifay épaulait tandis qu'elle appuyait sur la détente.

— Tire ! supplia sa mère.

Tirer ! Alors que l'animal était à quarante pas et tournoyait tout autour du père. Elle se rapprocha, la gorge nouée ; elle sentait sa mère oppressée derrière elle. Elle pouvait presque entendre les « Tire ! » qu'elle lâchait entre les dents. Joseph poussa un cri. Le feu venait de lui mordre deux doigts de la main gauche et, surpris, il avait lâché son fagot. Le bois calciné chuinta dans la neige. Le loup libéré flaira alors la peur de l'homme. Il ramassa son corps en arrière, ses pattes prenant appui sur une racine, la gueule dirigée vers la gorge de sa proie mal protégée par une bande de laine, ignorant les deux humains tremblants qui arrivaient.

— Vas-y ! ordonna Maryse.

À dix pas, l'animal faisait une cible facile. Cependant Valentine n'épaula pas. La bête lui apparut soudain comme un instrument envoyé par le destin. Ce fut bref mais intense. Libérée... Libérée du poids de ce père indigne... Puis elle cria : « Papa ! » et tira d'instinct alors que le loup bondissait. Les chevrotines criblèrent le flanc de l'animal. Le loup sursauta dans les airs avant de s'abattre, mort, aux pieds de Joseph.

Maryse arracha ses jambes à la neige et roula des épaules, forçant le chemin à coups de genou afin de rejoindre au plus vite son mari. Elle se jeta dans ses bras. Ils s'étreignirent les mains frissonnantes de peur.

— Tu n'as rien, tu n'as rien, bégaya-t-elle.

Joseph promena un regard hébété sur le visage de sa femme. Ouais, il était bien vivant ; il s'en était fallu de peu. Sa fille... sa chienne de fille avait tardé à faire feu. Trop tardé. Il eut un soupçon et son regard devenu indécis, comme perdu en une difficile méditation, glissa vers Valentine toujours immobile. Elle pleurait silencieusement et il s'en attendrit, retrouvant l'usage de sa voix.

— Joli coup, ma belle. Joli coup.

13

Février, mars et la neige passèrent. Avril arriva mais le froid persista. Le mistral soufflait, courait sur les garrigues, gelait hommes et bêtes de son haleine puissante et glaciale. Rien ne l'arrêtait. Ni le front de la Sainte-Baume, ni les murs de rochers de la Paillette et du Grand Clos. Il chargeait et, à travers la plaine d'Aubagne, sautait le col de l'Ange, brûlait la peau des lavandières de Cuges, grimpait à l'assaut du Camp avant de s'engouffrer dans le vallon des Croupatières.

Valentine le craignait. Surtout lorsqu'il mugissait entre les arêtes de Siou Blanc. Victorine, qu'elle avait rencontrée à plusieurs reprises depuis le jour sombre du marché, disait que le Mistraou était porteur de messages terribles, de désastres et de famine. Elle avait fini par se confier à la fillette. Sa mésaventure avec Louis Reynard, ses heurts avec son père, ses amours, son misérable parcours, tout y était passé. Elle avait vidé son cœur comme on crève un abcès, et Victorine s'employait à la guérir.

La petite sorcière avait un remède miracle : son tarot de Marseille. Elle interprétait les cartes étranges, associant les symboles colorés et récitant des formules apprises dans de vieux grimoires. Elle entamait invariablement ses séances par ces mots : « Le tarot est le souffle de l'Esprit : en lui sont gravés les vingt-deux mystères qui ouvrent les portes du Temps ! » Dans les figures qu'elle construisait sur un voile de satin violet, elle avait vu la mort, la ruine, puis la rédemption et le bonheur. Le Mat, le Chariot, la Maison-Dieu et le Soleil sortaient sans cesse face à une Valentine inquiète et attentive. L'amour était au bout des croix et des cercles dessinés par les vingt-deux lames majeures. Victorine insistait sur les épreuves nécessaires. Elle avait aussi ses idées sur le destin. Il fallait ruser. Elle s'était promis d'aider son amie et elle allait intervenir sous peu.

Valentine pensait à tout cela en se rendant au Jas de Laure. Il y avait là-bas une maison abandonnée depuis une dizaine d'années. Malgré les tempêtes et le froid, elle était encore debout et servait de refuge aux femmes de Signes la Noire quand il y avait réunion autour des nombreux avens parsemant les limites du plateau de Siou Blanc. Les deux filles s'y retrouvaient tous les samedis, l'une avec son tarot et ses sorts, l'autre avec son couteau et un pieu acéré. Aujourd'hui, on allait interroger l'avenir sur l'amour.

Depuis la sale tentative de séduction du Limatier, Valentine avait peur de ses désirs ; elle refoulait sans cesse ses sentiments. Fabien en souffrait.

Avant chacune de leurs rencontres, elle se jurait de lui dévoiler son secret comme elle l'avait fait avec la petite Victorine, mais elle redoutait la réaction de son amoureux. Il voudrait la venger. Puis, une fois en face de lui, les mots ne sortaient plus et elle restait silencieuse, sur la défensive quand il la prenait tendrement par la nuque, frissonnante sous les baisers, violente lorsqu'il essayait de la caresser. Alors, il se détachait d'elle et s'adossait au mur de l'étable où ils se voyaient en cachette. Il la regardait, regardait ses mains, son front, ses cheveux, mais elle avait l'impression qu'il ne la voyait pas. Il contemplait quelque chose de plus important qu'un beau visage et un corps désirable, quelque chose de plus grand que l'amour qu'il avait pour elle ; il regardait en lui-même, Valentine le savait ; il essayait de comprendre pourquoi elle ne répondait plus à ses espoirs et cherchait à corriger ses erreurs. C'était la plus belle preuve d'amour.

Elle laissa derrière elle le terrifiant abîme des Morts. Le mistral la poussait, soulevait sa jupe et ses jupons, passait sa langue froide à travers les mailles des bas de laine, la saoulait de gémissements et de hululements. Elle le maudit tout haut mais il emporta sa révolte en une seule et forte rafale. Le vent qui pliait les chênes avait saisi ses entrailles comme il saisissait l'eau des ruisseaux et des mares ; elle n'attendait plus rien de l'avenir radieux annoncé par Victorine. Le vent lui parlait de mort et de maladie. Pendant quelques minutes, elle hésita à continuer son chemin, puis elle vit le toit du Jas de Laure, la porte ouverte. La petite voyante était déjà à l'intérieur, l'attendant avec ses cartes pour des révélations sans lendemain. Une nouvelle rafale, bien plus forte que les précédentes, la précipita vers la maison. Elle était pareille à la main d'un géant. Elle y vit la main du destin.

— Victorine !

L'adolescente ne répondit pas. Il y avait trois pièces en enfilade, toutes plus sombres les unes que les autres. Le vent sifflait entre les fentes des persiennes fermées. La poussière dansait dans les rais de lumière. Valentine la soulevait pas après pas. Mille paniers et banastes mangés par les rats s'entassaient entre les hauts murs. Victorine lui avait expliqué que l'endroit était autrefois un dépôt d'oliveraie, mais elle n'égayait plus cette sinistre remise de sa voix claire.

— Victorine ! Ne fais pas ta bête ! Montre-toi !

Valentine appelait, mais c'était surtout pour se donner du courage. Elle ne croyait pas à une farce. La petite ne jouait jamais. Quatre pas la séparaient de la dernière salle où elles s'asseyaient lors de leurs tête-à-tête. Valentine tira son couteau et affermit le poing qui tenait le pieu.

— Tu veux me tuer à présent ?

Médusée, Valentine se figea. Fabien venait d'apparaître dans l'encadrement de la porte. Sans qu'elle comprît pourquoi, cette haute silhouette la remplissait de crainte.

— Toi ! Mais... Qu'est-ce que tu fais ici ?

— Victorine m'a tout raconté.

— Elle a...

— Oui, le Louis, je sais, il va payer !

— Non !

Dans un élan, elle laissa tomber ses armes et se jeta dans ses bras.

— N'y va pas ! N'y va pas, mon amour, ils te feront du mal.

— Si je n'y vais pas, le Louis recommencera, d'autres recommenceront. C'est la coutume chez eux, ils enlèvent les filles isolées et quand elles sont grosses des bébés à naître, leurs pauvres parents acceptent le mariage.

— Je sais me défendre !

— Contre Louis, tu as eu de la chance. Contre cinq d'entre eux, tu ne pourrais rien. Je dois prendre le sang du Reynard ; c'est la seule façon de convaincre le veuf que tu m'appartiens.

Elle le contempla. Toute la signification des mots qu'il venait de prononcer était contenue dans son visage dur. Elle le voyait à présent dans ses moindres détails malgré la pénombre : l'éclat brun de ses yeux, les longs cils ourlant la courbe des paupières, la ligne d'une ride sur le front, les boucles de ses cheveux, le nez droit un peu fort, les lèvres pleines, serrées en une moue de dédain et de détermination.

— Prends le mien, souffla-t-elle.

Tout à ses pensées vengeresses, il ne comprit pas immédiatement ce qu'elle lui proposait.

— Prends mon sang si tu veux que je t'appartienne !

Elle ne lui laissa pas le temps de réagir. Elle

écrasa ses lèvres contre les siennes, elle l'enveloppa de ses bras et de ses jambes. En quelques instants, il fut à sa merci. Elle détacha les lacets de sa longue cape de cavalier et l'étala sur le sol avant de s'allonger, offerte, insensible au froid de la terre, aux hurlements du mistral, aux craquements de la vieille bâtisse. Il s'agenouilla. Elle ferma les yeux. Alors il s'abattit sur elle et ce fut comme une libération. Ils s'étreignirent avec violence, s'empêtrant dans leurs vêtements, se livrant l'un et l'autre à l'exploration confuse de leurs corps. Elle l'empoigna ; il lui ouvrit les cuisses. Elle le guida ; il se perdit dans les chairs brûlantes. Le plaisir les souda. Ils roulèrent dans la même vague, oubliant le chaos de Siou Blanc, le clan des Limatiers, les loups et le mistral jaloux de leurs cris.

Puis vint la tendresse, la lente exploration des menus secrets de leur peau. Ils s'offrirent, s'avançant du bout des doigts, attentifs, frémissants, et ils avaient en se touchant cette impression trouble qu'ils se reconnaissaient pour s'être déjà connus dans une autre vie. Fabien était aux yeux énamourés de Valentine le héros romantique venant des tempêtes et des sables d'un vaste désert du Sud ; il avait flâné d'oasis en oasis, couché à la belle étoile, franchi les mers et les détroits et il était arrivé ainsi, à cheval, à Siou Blanc, au Jas de Laure battu par le vent. Le héros se rassasiait d'elle. Elle était le centre du monde, la fille de toutes les garrigues, de tous les chemins, de tous les oliviers et de toutes les vignes, le centre de tout ce qu'il adorait. Et il ne voulait pas la perdre.

— Le Louis doit mourir, finit-il par balbutier.

— Oublie-le ; je t'en supplie.

— Chut, petite fille, il ne sert à rien de cligner des parpelles[1], ce n'est pas ainsi qu'on efface le mal. Ton honneur est le mien. Laisse-moi réparer l'affront que t'a fait le Limatier.

— Nous le réparerons ensemble !

Fabien mit du temps avant d'acquiescer mais il céda au regard de Valentine. Elle l'accompagnerait à Limate.

Le soleil était au zénith. Il faisait chaud dans la ferme au plafond bas, où le feu de la cheminée ronflait et rougissait les visages des Reynard. La famille au complet se préparait pour le repas au milieu des tresses d'ail et des conserves. Les frères de Louis, harassés par sept heures de semailles et de mistral, avaient encore l'œil vague et les membres lourds. Le vin que leur versaient les femmes les soulageait de toutes les peines endurées sur le plateau.

— Se ploouvié farié maou en degun[2], laissa tomber le frère cadet.

— Bientôt on ne pourra plus retourner la terre, dit le plus jeune.

— Le mistral, c'est bon pour les glaciers de Font Frège mais c'est mauvais pour le paysan, ajouta l'aîné. Il nous faudrait plus de bras.

1. Paupières.
2. S'il pleuvait cela ne ferait de mal à personne.

Tout le monde comprit et contempla le Louis assis face à la cheminée. Louis était le second des fils et le troisième d'une couvée de neuf enfants dont la plus âgée, Agnès, avait quitté la maison après s'être amourachée de son cousin Saturnin. Tous, les trois frères mariés, les quatre sœurs célibataires vivaient ici, se partageant les quatre pièces de la ferme avec femmes et enfants réunis autour du père et de la mère Reynard.

— Qu'est-ce que t'en penses, Louis ? demanda Jean Reynard.

Louis eut une contraction de tous ses muscles. Il craignait le chef de la famille. Son père était une réplique du veuf. Il imposait sa loi à coups de tisonnier et de manche de pioche, réservant sa ceinture aux filles qu'il soupçonnait de tous les vices.

Louis ne pensait qu'à Valentine. Le jour de l'« accident », il avait menti.

« Le mâle de la Colle de Fède m'a écharpé alors que je cherchais des champignons ! »

Il n'avait trompé personne, surtout pas sa mère et ses sœurs qui avaient soigné ses blessures. Le mâle, un insaisissable et dangereux sanglier de trois cents livres, l'aurait réduit en bouillie avant de le dévorer. On avait fait semblant de le croire et le père se plaisait à penser que son idiot de fils avait enfin un rival.

« Le Louis, il veut pas nous le dire, mais il s'est battu pour une garce ! »

Louis avait failli crever en décembre. Un peu avant Noël, on le crut bon pour le trou et le frère aîné, Toussaint, qui avait quelques dons pour la menuiserie, assembla les planches d'un cercueil orné d'une grosse croix dorée, taillée et peinte par les enfants de la maison. Sa chair, autour des plaies, s'effiloquait en lambeaux noirs et il en coulait un liquide qui empestait la chambre où on l'avait confiné. Un soir, ils se réunirent autour du lit où il pourrissait et entamèrent la prière nocturne :

Maintenant que la nuit
Étend ses sombres voiles,
Qu'au ciel même plus rien ne luit
Que les étoiles.
Nous t'adorons à genoux
Du fond de nos misères
Dieu qui portes le nom si doux
De notre Père.

À Limate, le curé ne montait jamais. Sa présence y était indésirable. Son rôle se limitait aux baptêmes des nouveau-nés quand le clan les lui amenait. Pour le mariage et le reste, les Limatiers se débrouillaient entre eux. Ce soir-là, maman Reynard, forte femme épaisse de visage et de taille, prit la direction des opérations. Les yeux de Louis s'écarquillèrent quand il vit ses sœurs voiler le miroir de crêpe noir et retourner cuvette, verre, pot. Il s'écria :

— Hé ! Je ne suis pas encore mort, quand Toussaint dit qu'il grimpait sur le toit pour ôter une tuile.

C'était par le haut que s'échappait l'âme ; il était

clair qu'ils voulaient se débarrasser de lui au plus vite. Peut-être même allaient-ils l'enterrer vivant ?

— Arrêtez ! Le Bon Dieu va me sauver ! gémit-il.

— Le pauvre, il délire, dit maman Reynard, compatissante mais guère peinée.

À Limate, on ne pleurait pas beaucoup la disparition des tarés. Louis se mit alors à prier tout bas, mélangeant les chants religieux, les oraisons et les évangiles. Les sœurs qui le virent marmonner se penchèrent pour l'écouter.

— Qu'est-ce qu'il dit ? demanda papa Reynard.

— Papa, je crois qu'il est déjà de l'autre côté, répondit Angèle, la cadette, qui n'avait pas encore vingt ans et ressemblait à sa mère dont elle portait déjà les jupes usées. Il dit que le Christ, ami des travailleurs qui fait nos tâches plus légères, va le sauver et qu'au chemin de la souffrance, pour l'aider, Marie est là... Il appelle le Père, le Fils, le Saint-Esprit, la Vierge et les anges à son secours... Il est perdu.

— Louis, tu devrais la fermer si tu veux que le Seigneur t'accueille dans sa bonté, dit le père en se signant.

Mais le Louis ne la ferma pas ; il voulait être sauvé. Et le sauveur vint. Ils entendirent tambouriner à la porte.

— C'est moi ! Cendre ! ouvrez-moi !

Cendre Mosset, le chef, était à la tête des siens, venus en grand nombre rendre visite aux Reynard. Il y avait même ses deux filles : la Jacky et Mireille, les cousines et quelques femmes qui ne sortaient jamais de leur campagne.

— Si vous venez pour veiller Louis, il est trop tôt ! s'exclama Reynard en voyant la troupe de femelles.

— Elles ne sont pas là pour pleurer ton moribond et vaurien de fils, répondit Cendre en les poussant devant lui.

Le veuf paraissait gai. Ses filles n'étaient pas habillées de noir. Cependant, elles portaient le chapelet. Reynard et sa femme les regardèrent entrer avec inquiétude. Si tout ce monde s'installait chez eux, on allait devoir souper et puiser dans les bonnes réserves car le veuf ne se contentait pas d'un quignon de pain, d'une soupe de pois chiches et d'un litron de vinasse.

— Sors ta gnôle ! ordonna Cendre.

Le Reynard accusa le coup. Blême, il se tourna vers son épouse qui hochait doucement la tête comme pour dire : J'en étais sûre, ils sont venus manger nos conserves et siffler nos bonbonnes.

— Allons, les vieux, vous en faites des simagrées ! Coquin de sort ! Coquin d'avares, regardez-les, ils ont les mains liées. Ta gnole, Jean, elle est pas pour moi, elle est pour ton fils. Vois ce que j'ai apporté. Avec ça, on va le remettre sur pied, je te le dis !

Mosset agita le bras auquel pendait un couffin. Les Reynard demeuraient sur leurs gardes. Le veuf ne proposait jamais rien sans une compensation. Ils baissèrent la tête et l'observèrent par en dessous, cherchant la raison de sa démarche, guettant le relâchement subit qui leur permettrait de lever le ton.

— Je vous le sauve, continua le veuf, je vous le

remets sur pied et il travaille pour moi de la Pentecôte à la fête du Rosaire pendant trois ans.

Les Reynard se redressèrent. Ils connaissaient enfin la raison de la générosité du veuf. Ils avaient l'esprit vif quand il s'agissait d'économies et de rendement. Vingt semaines séparaient la Pentecôte du Rosaire, de mai à octobre, la période des gros travaux. Louis était capable d'abattre le travail de trois hommes ; on pouvait l'atteler à la charrue, le charger comme un âne de fumier, de caillasses, de poutres ; il suffisait de flatter sa force pour qu'il se crève à la tâche.

— On y tient, à notre fils, dit maman Reynard.

— C'est vrai qu'on y tient. Peuchère de lui, un garçon si bon, si obéissant, ajouta papa Reynard. On peut lui confier toutes les tâches difficiles, il ne rechigne jamais. Pas vrai, maman, qu'il fait le travail de dix ?

— Au moins ! Sans ce sanglier, en ce moment, il casserait du bois qu'on vendrait aux Signois. C'est un amour, notre Louis, et on le soigne pour qu'il reprenne sa place dans la famille.

Le veuf les écoutait, faussement compatissant, retenant le rire qu'il sentait poindre. Ses filles, moins finaudes, étaient révulsées par les propos des Reynard. Cela leur pesait sur le cœur comme une envie de vomir.

— Je suis pas ici pour vous escaner[1], mes braves. Le Louis sera nourri, logé et vous recevrez cinq sous par jour. Cinq gros sous, ça ne compense

1. Vous voler.

pas la peine qu'on peut avoir quand un bon garçon vous quitte, mais ça aide.

— Allez ! zou ! On va pas rester à discutailler alors que le Louis est au plus mal ! s'écria papa Reynard.

Les sous, la nourriture… Les arguments du veuf balayaient les réticences ! Cendre connaissait bien ses Limatiers. Les Reynard n'échappaient pas à la règle ; l'intérêt primait sur les sentiments, la cupidité sur les idéaux, l'envie étouffait la générosité. Il vit maman Reynard farfouiller dans un réduit ; elle en sortit deux douires bouchonnées et les lui montra.

— Quatre litres d'eau-de-vie, il y en aura pour tous. Suivez-moi.

La tribu Mosset suivit la matrone. On était trop nombreux. Beaucoup de visiteurs ne purent pénétrer dans la chambre du malade. La plupart n'y tenaient pas. La puanteur prenait à la gorge et soulevait les cœurs des moins endurcis.

— Nom de Dieu ! Il est bien faisandé, l'animal, dit le veuf en respirant à petits coups l'air empoisonné. Les femmes dehors ! ordonna-t-il. Et priez fort, on en aura besoin. Vous autres, commanda-t-il, aux frères de Louis et à deux oncles qui l'accompagnaient, vous le tiendrez pendant toute l'opération.

Louis, qui avait assez de lucidité, se demanda, non sans souci, ce que faisait là Cendre Mosset et pourquoi il donnait des ordres aux Reynard. « Ils vont m'achever », pensa-t-il. Il eut la force de se redresser et de rejeter les draps. Ses frères se jetèrent aussitôt sur lui et le clouèrent sur le sommier.

— Je veux pas mourir !

— Qui te dit que tu vas faire le grand voyage ? Je suis là pour te guérir, mon Louis, dit le veuf. Tu vas un peu souffrir mais c'est le prix à payer. T'es solide et tu vas vivre. Tu sais ce qu'on dit chez nous : « Tiens chaud tes pieds et frais ta cervelle, pisse souvent pour la gravelle et de ton corps chasse les vents, c'est le moyen de vivre longtemps. » Hein, qu'on a envie de l'entendre péter et roter pendant cent ans !

Il y eut des rires forcés. Chacun essayait de deviner ce que le veuf avait dans son couffin. Il l'ouvrit enfin.

— Déshabillez-le ! Et donnez-lui à boire !

Les hommes sortirent leurs couteaux et déchiquetèrent la chemise et les deux tricots du malade. Louis gueulait comme un cochon qu'on égorge. Ses yeux exorbités ne quittaient plus Cendre.

Le veuf retira un objet enveloppé d'un chiffon de son panier et le déposa sur le sol.

— Vous connaissez les bienfaits de la bûche de Noël, dit-il en découvrant une marmite de cuivre.

Papa Reynard se pencha pour voir ce qu'elle contenait. Quand le veuf ôta le couvercle retenu par du fil de fer, il comprit pourquoi Cendre évoquait la bûche de Noël. Des braises remplissaient la marmite. Deux des frères Reynard se signèrent. La bûche, coupée dans le cœur d'un chêne, était sacrée. Elle entrait la veille de Noël dans tous les foyers de Provence et du Languedoc. Quand elle commençait à brûler, le plus jeune enfant de la maison se tenait devant le feu en tenant dans la main droite un verre de vin, dans la main gauche un morceau de pain et un peu de sel avant de demander des faveurs à Dieu. Elle avait des vertus miraculeuses. Avec son charbon, on pouvait guérir les enflures, éloigner la grêle, enrichir et désensorceler. Le veuf y croyait dur ; il souffla sur les braises, elles rougeoyèrent.

— Tenez-le bien !

Louis ne pouvait plus gueuler ; Toussaint lui avait enfoncé le goulot d'une douire dans la bouche. L'alcool coulait à gros bouillons au fond de sa gorge, débordait des lèvres et nettoyait sa barbe sale. Il faillit s'étouffer. Toussaint releva la douire et la soupesa.

— Eh ben, mon cochon, il en a bu la moitié.

— Ça suffit, dit le veuf avant d'élever la voix : Priez femmes ! Priez et qu'on vous entende jusqu'au Ciel !

Les femmes entamèrent aussitôt un pater. On ne voyait que leurs visages éclairés par les lampes à pétrole posées au ras de leurs genoux. Maman Reynard semblait sincère même si intérieurement elle comptait les sous qu'elle allait rafler sur le dos de Louis. Les filles pleines de lassitude se forçaient à parler, l'œil rivé sur l'intérieur de la chambre. Elles priaient sans conviction ; elles auraient pu tout aussi bien être en train de trier des lentilles ou d'éplucher des pommes de terre. Le veuf dut les rappeler à l'ordre et la Jacky prit la direction des opérations.

— Actions de grâces ! commanda-t-elle. Pour toute la création, ajouta-t-elle.

« Pour toute la création » était la première des actions de grâces collectives.

Elle se mit à clamer :

— Le Seigneur est à moi,

— Et je suis au Seigneur, répondirent-elles toutes.

— Il s'est donné à moi,

— Et je me suis donnée à lui.

Avec les actions, elles pouvaient tenir un quart d'heure. Le veuf était satisfait. Les voix des femmes résonnaient comme une fanfare. Il prit les pincettes qu'il avait apportées. Louis émit un râle ; la main de son frère le bâillonnait, toutes les poignes le brêlaient au lit. Quand il vit le charbon ardent au bout de la pincette, il fit un terrible effort pour échapper aux tenailles des cinq hommes. Son corps s'arqua, sa tête tressauta, la morve jaillit de son nez lorsque le charbon entra dans le trou purulent de sa cuisse. Une odeur de cochon grillé se mêla à la puanteur. Le veuf cautérisait sans trembler. Marquer au fer rouge les moutons ou brûler le Louis, aucune différence. Il officiait en grand prêtre guérisseur, faisant l'admiration des siens. On retourna Louis. Les charbons grésillèrent sur sa seconde blessure...

Les brûlures du cœur étaient bien plus douloureuses que celles de la bûche de Noël. Ses frères, son père qui, aujourd'hui, attendaient qu'il se remette au travail avant d'offrir ses bras au veuf ne pouvaient imaginer combien il souffrait quand le visage de Valentine lui apparaissait en songe. Il souffrait d'autant plus qu'il savait que la jeune fille était très convoitée. Il y avait le Fabre de la Bastide Basse et, plus dangereux encore : le veuf. Cendre Mosset avait dit à plusieurs reprises que la fille du cadier ne lui déplaisait pas.

« Une fille saine, un sang d'ailleurs, je suis sûr qu'elle me donnerait un garçon », avait-il confié au père Reynard lors de sa dernière visite.

— Louis, sors de ta lune ! gronda le père qui attendait une réponse.

Louis les regarda un à un et s'apprêtait à répondre que c'en était fini du travail à Limate, que ni eux ni Cendre Mosset ne profiteraient de lui, qu'il allait se mettre à son compte du côté de Taillane quand quelqu'un au-dehors l'appela.

14

— Louis ! Je sais que tu es là ! cria Fabien pour la seconde fois.

Debout au bord d'une restanque, les regards tournés vers le bas, Valentine et Fabien avaient en face d'eux la ferme des Reynard. Elle avait été construite cent ans plus tôt à l'ouest du domaine de Limate, sur la Faisse de Rey. La terre grasse qui l'entourait donnait bien. Blé, haricots, pois, pommes de terre y poussaient sans apport de fumier. L'endroit était à l'image des Reynard, chaotique. Superposés au-dessus d'un muret, tout gris et de guingois, les clapiers à lapins étaient cernés par un amoncellement de crémaillères rouillées, de roues aux rayons cassés, de fûts et de planches vermoulus. Le poulailler recouvert de fientes avait été bâti avec des morceaux de charrettes, d'étrésillons et de lambourdes dérobés dans les hameaux abandonnés. Les poules alourdies par le froid se tassaient dans les recoins de ce squelette épais. On se souciait peu du confort des bêtes sur le plateau.

Fabien et Valentine se tinrent prêts. Derrière un carreau, la tête grise de maman Reynard se montra. Sa bouche s'arrondit à la vue des fusils que le couple portait. Il y eut un bruit de volet; l'un des fils apparut au cul de la ferme, contempla un instant les deux visiteurs avant de courir en direction du domaine.

— Il va avertir le veuf, dit Fabien.

Les ennuis n'allaient pas tarder. Fabien ignorait toujours comment il allait obtenir réparation. Il n'était pas question d'ôter la vie de Louis. Le sermon et les menaces semblaient exclus. Il se demandait si l'affrontement au couteau n'était pas la solution. On arrêterait le combat à la vue du premier sang versé. Il se sentait assez fort et adroit pour percer rapidement l'épaule du lourdaud. La porte de la ferme s'ouvrit. Jean Reynard, Toussaint et Lucien, le cadet, sortirent un à un et s'alignèrent. Eux aussi avaient leur fusil. Le père brandissait un « Dreyse », une arme prussienne achetée aux trafiquants italiens qui de Gênes à Marseille écoulaient toutes sortes de marchandises par l'intermédiaire des colporteurs.

— Que veux-tu à Louis ?

— J'ai deux mots à lui dire au sujet de mademoiselle Bonifay.

Valentine sentit les regards se tourner vers elle. Des visages se pressaient aux coucous des fenêtres. Les filles Reynard et leur mère échangeaient des paroles fielleuses.

—- Regardez-moi cette pouilleuse, elle s'estangouire[1] le beau Fabre; c'est pas malheureux de voir ça, dit maman Reynard. Vous êtes trop honnêtes, mes filles.

— Nous ne sommes pas des putains comme elle! répondit la plus âgée. Cette traînée ne doit pas coucher qu'avec le Fabre. Moi, je dis que le baron Guillibert lui passe aussi dessus!

— Putain toi-même!

Louis avait tout entendu. Il les écarta de la fenêtre. Il avait l'air d'un fou. Le sang lui était monté à la face. Il promenait un regard hébété autour de lui et les femmes crurent que ses yeux allaient jaillir des orbites quand il les fixa sur la salope de Maramoye.

— Valentine, grommela-t-il d'une voix rauque.

Maman Reynard comprit. Son fils s'était battu pour cette moins que rien. Elle en fut ulcérée. Elle allait lui remettre les idées en place avec des gros points sur les i quand il se précipita au-dehors.

— N'y va pas! cria-t-elle.

Il y alla, bousculant ses frères et son père, boitillant jusqu'à la restanque, les mains tendues vers Valentine.

— Nom de Dieu! Ils vont nous l'étendre dans le champ! dit papa Reynard en épaulant son fusil.

Valentine et Fabien avaient pointé leurs armes sur Louis. L'idiot des Reynard continuait son chemin. Il jetait des phrases incohérentes que le mistral emportait vers sa famille qu'il déshonorait. Les Reynard le virent se mettre à genoux, se traîner,

1. Se câline.

se frapper le front contre les pierres sèches de la restanque.

Valentine et Fabien, la gorge nouée, l'écoutaient.

— Pardonne-moi ! Sur le Jésus, je te jure que je ne voulais pas te faire de mal. Mon cœur est pur ; c'est ma tête qui est folle, c'est mon sang qui est pourri. Les autres disent du pauvre Louis : A uno mamadiè d'ounte poou pa reveni [1] ! C'est vrai, moi je la connais cette maladie, c'est celle des Limatiers qui vivent dans le péché en se mariant entre eux. À nous deux, on pourrait...

Il ne sut plus trouver les mots pour lui expliquer son désir d'avoir des enfants sains, qu'il l'aimait et que si elle en choisissait un autre que lui, elle ferait mieux de l'abattre tout de suite. Il la contempla comme on contemple une madone sur un piédestal. Il mourrait heureux si elle tirait.

Valentine eut pitié. Fabien abaissa son arme. Sa colère avait fondu. Ils avaient à leurs pieds un misérable. Louis manquait d'amour. Les siens donnaient plus d'affection à leurs chiens.

— Qu'est-ce qu'on peut faire ? demanda Valentine.

— Son destin est ici.

— Tu dis bien ! Son destin est ici. L'en arracher, ce serait à coup sûr le condamner à l'asile d'aliénés de Marseille.

Fabien et Valentine reconnurent aussitôt la voix du veuf. Ils n'eurent pas le temps de réagir. On se

1. Il a une maladie de laquelle il ne peut échapper.

saisit d'eux. Les Limatiers ramenés par le fils Reynard avaient contourné la ferme afin de les surprendre.

— Non! ne lui faites pas de mal! hurla Louis en bondissant sur la restanque.

— Emparez-vous de l'idiot! ordonna le veuf.

Quatre des vingt Limatiers qui composaient la troupe se jetèrent sur Louis, le renversèrent et le maintinrent au sol.

— Attachez-les!

— Je te crèverai! cracha Louis.

— Tu oublies, mon petit, que je t'ai sauvé la vie, qu'elle m'appartient désormais comme m'appartient tout ce qui vit, mange, dort et passe à Limate. Je suis le seul juge après Dieu et donc le seul qui décide qui doit crever ici-bas. Ces deux-là sont venus te demander des comptes et je veux savoir pourquoi.

— C'est entre nous et lui! coupa Fabien.

— S'il y a punition, c'est à moi d'en décider! dit Valentine.

Le veuf se raidit. La colère lui échauffait le sang. S'ils croyaient qu'ils allaient commander sur ses terres, ils se trompaient. On était loin de Signes. Il pouvait les tuer et les faire disparaître. La fille du cadier le regardait avec mépris; elle était d'une beauté incomparable. Elle reléguait loin derrière les femmes qu'il connaissait, celles qu'il avait séduites, ses épouses et ses filles. La bouche de la fille, pleine, couleur cerise, était faite pour les baisers. L'agate noire du regard nuancé de vert pétillait d'intelligence, les longs cils battaient sur les secrets cachés, le nez frémissait comme si la rage bouillonnait en elle.

Cendre s'aperçut qu'il tremblait. La garce lui faisait trop d'effet. Il la voulait. Il lui mettrait la bague au doigt. Il offrirait le banquet. Il l'emporterait dans l'alcôve de la maison Mosset. Il la déshabillerait. Il l'obligerait à ouvrir les cuisses et la bouche. Il la...

— Cendre!

Jean Reynard le détourna de ses pensées. Il parut s'éveiller; il tremblait toujours. On attendait qu'il prenne une décision.

— Mon Louis n'y est pour rien, dit Reynard.

— C'est à moi de juger.

Il délaissa Valentine et Fabien et s'approcha du fils Reynard que les quatre gaillards avaient du mal à tenir. Louis se tordait, ruait; il mordit celui qui le ligotait.

— Louis.

Le veuf avait prononcé son prénom d'une voix douce et amicale. L'idiot se calma aussitôt. Les hommes courbèrent l'échine. Quand leur chef adoptait une attitude doucereuse, c'était mauvais signe.

— Louis, continua Cendre. Faut pas me mentir, mon petit. Dis-moi ce qu'ils te veulent. Ce doit être important pour qu'ils aient pris le risque de venir jusqu'ici. Tu as volé?

— J'ai rien volé! Je jure!

Le veuf le crut. Louis n'était pas un voleur, pas même un maraudeur, contrairement à ses frères. C'était donc plus grave. Il posa son soulier clouté sur la poitrine, mais n'appuya pas. Le Louis terrorisé était comme un trophée de chasse sous le talon du veuf. Ce n'était pas du goût des Reynard.

— Je m'en porte garant, il n'a rien fait ! clama papa Reynard. Punis les estrangers ! Fouette-les !

— Non ! cria Louis. C'est moi !

— Moi quoi ? demanda le veuf.

Le ton n'était plus le même. Lourd de menace, il cloua le bec du père Reynard qui allait revenir à la charge pour défendre l'honneur de la famille.

— J'ai... Bou que c'est dur... Elle a pas voulu.

— Allez parle. Quand tu m'auras tout dit, on boira le marasquin ; tu sais, la liqueur que j'achète à Aubagne. Je suis sûr que tu es un brave garçon. Tu ferais pas de mal, hein mon Louis, pas de mal à la fille ?

— J'ai pas voulu la blesser ; je voulais me la marier après lui avoir fait un enfant. Quand je l'ai coincée, elle m'a donné les coups de couteau.

Le veuf ferma un instant les yeux. Il se retint pour ne pas défoncer la caboche de ce porc. Ce débile avait essayé de violer la fille, sa promise à lui, Cendre Mosset.

— Il raconte n'importe quoi !

Reynard père tenta une fois de plus d'intervenir. Il se jeta sur son fils et le secoua.

— Louis ! Bourrique ! Tu l'as rêvé, ce que tu viens de dire.

— J'ai pas rêvé ! J'ai pas rêvé ! La Valentine, je l'ai dans le sang.

— Cendre, laisse-moi le corriger ! Vingt coups

de manche de pioche ! Trente pour lui couper les envies !

Le veuf ne répondit pas. Trente, cinquante, ce n'était pas assez pour un salopard qui avait posé ses sales pattes sur la belle de Maramoye. Il y avait des lois à Limate ; elles n'étaient pas écrites mais respectées depuis la nuit des temps. Quand on s'en prenait aux intérêts du chef de clan, on méritait la mort. Le veuf se décida rapidement.

— À l'Abîme des Morts ! dit-il.

La mère Reynard voulut secourir son fils, mais ses filles l'en empêchèrent. Elles n'étaient pas mécontentes de voir disparaître l'idiot. Les frères restèrent de marbre. Eux pensaient à l'héritage. La part de Louis n'était pas bien grosse : deux parcelles du côté du vallon de l'Infren. Mais c'était toujours ça de gagné. Le père se résigna. On ne pouvait revenir sur une décision du chef.

L'Abîme des Morts était beaucoup plus profond que le trou de Maramoye. Il perçait la croûte grise des rochers à l'est du plateau. Sur ses bords, les arbres malingres ployaient sous les poussées monotones du mistral. Valentine n'avait jamais dirigé ses pas vers cet endroit lugubre. Victorine lui avait raconté qu'en s'approchant de l'abîme, la nuit, on sentait les morts. Une longue plainte très pure et triste précédait leur venue. Les vivants les tiraient du sommeil et ils apparaissaient le visage déchiré et le corps moisi, assurait-elle en ajoutant :

« Mes tantes les convoquent quand la lune est pleine. »

C'était terrifiant de se retrouver là au centre du cortège des deux cents Limatiers, liée avec Fabien sur une charrette. Après avoir quitté la maison des Reynard, on rameuta les habitants de Limate. En une courte harangue, le veuf les mit au pas. Femmes, enfants, vieillards, tous prirent le chemin. Ceux qui ne pouvaient marcher s'entassèrent sur les chariots. Louis fut traîné par le veuf, qui du haut de son cheval tenait la corde attachée au torse du condamné. À présent, il était au ras de l'abîme, plongeant son regard fou sur les cruelles échardes qui tapissaient les parois. Il n'en voyait pas le fond. Il ne redoutait pas d'y tomber ; il redoutait les puissances tapies dans les ténèbres, les démons prompts à jaillir, à frapper, puis à se replier avec son âme dans le labyrinthe des souterrains.

— Pitié, haleta-t-il.

Aucune pitié n'adoucissait les traits du veuf. Un tronc mort mêlait ses racines noires aux lèvres du précipice. Cendre demanda à ses hommes d'y attacher solidement Louis.

Valentine observa les visages des Limatiers. Elle s'attendait à un peu d'humanité. Ils demeuraient impassibles. Seules les mains aux articulations blanchies étreignant des chapelets et des croix semblaient mal accepter la dictature du veuf.

— Priez ! commanda-t-il.

Et ils prièrent. Le veuf déroula le fouet accroché à la selle de son cheval et se mit à frapper la victime.

— Essaie de libérer l'un de tes doigts, murmura Fabien à Valentine.

Lui-même avait tenté de dénouer les liens qui enserraient ses poignets ; il n'y était pas parvenu. Elle fit jouer ses articulations. On ne les surveillait plus. Les deux hommes et la Jacky qui se tenaient près de la charrette s'étaient rapprochés du cercle des prieurs.

— J'y arrive pas, j'y arrive pas...

La corde lui taillait les chairs. Elle entendait le fouet siffler et claquer sur le dos de Louis. D'abord, l'idiot ne se plaignit pas ; la chemise et ses tricots le protégeaient de la morsure de la lanière tressée et alourdie de chaînons de fer. Mais le veuf s'appliquait. Méthodiquement, il visait les reins et le bas de la nuque tour à tour. Au trentième coup, Louis poussa un gémissement. Au quarantième, il criait.

— Vous n'avez pas le droit ! hurla Valentine. Vous êtes des monstres. Lâches ! Assassins ! L'enfer, voilà ce qui vous attend ! Je vous en conjure, libérez ce pauvre homme ! Laissez-nous partir ! Mosset ! pour l'amour de Dieu !

— Ferme-la, salope ! répondit la Jacky en la menaçant du poing au bout duquel pendait son chapelet.

L'appel de Valentine ne ralentit pas le bras du veuf. Il paraissait habité du démon. Échevelé par le vent, grimaçant, il se mit à proférer des paroles de l'Évangile, mêlant ses propres mots à ceux de l'apôtre Jean :

— Mon jugement, le voici. Entendez tous ! La

lumière est venue dans le monde et Louis a mieux aimé les ténèbres que la lumière, parce que son cœur est mauvais. Quiconque fait le mal hait la lumière et ne vient pas à la lumière, de peur que sa méchanceté ne soit dévoilée. C'est pour tes actes impies que je te condamne à l'abîme. Demande pardon ! Demande, Louis !

Louis n'avait plus la force de parler. La douleur le dévastait. Il avait l'impression que le fouet claquait dans son crâne et lui arrachait des parcelles de cerveau.

On le crut mort. On se rapprocha encore. La Jacky joua des coudes pour mieux voir la dépouille du Reynard. Puis quelqu'un s'aperçut qu'il respirait.

— Détachez cette charogne ! ordonna le veuf.

Le grand moment arrivait. Le grand bond de Louis dans l'Abîme des Morts. Le grand frisson qu'ils attendaient depuis le début du supplice. Ils en oublièrent le Fabre et la fille du cadier et ne remarquèrent pas la présence de Victorine dans la garrigue.

La fillette allait d'un tronc à l'autre, l'ombre mouvante des arbres la protégeait, le vent était un allié à qui elle demandait d'endormir les Limatiers. Les alentours de l'abîme n'avaient pas de secrets pour elle. Quand elle avait entendu le veuf crier à l'abîme, elle s'était dit : « Les amoureux sont sauvés. » Ses amoureux, elle y tenait. Elle voulait le bonheur de Valentine et elle trouvait le prétendant à son goût. Cette situation tragique, elle l'avait prévue dès l'instant où elle s'était mis en tête de tout révéler à Fabien.

« Elle t'aime, avait-elle dit, mais le Louis est dans sa cervelle. À cause de lui, elle a peur des hommes à présent. Moi, je ne peux rien, j'ai pourtant tout essayé mais je n'ai pas le savoir de mes tantes. Toi seul peux la faire changer. »

Depuis, elle avait suivi les moindres déplacements des amoureux. La charrette était accotée aux chênes. Au-delà des deux chevaux attelés, le chemin s'inclinait vers l'abîme qu'il contournait avant de remonter à travers les espaces désolés de la Lébrière. Le peuple de Limate remplissait la chantepleure rocheuse et, quand le mistral cessait de mugir, on entendait maman Reynard. La geignarde se manifestait un peu tard ; elle n'alla pas cependant jusqu'à implorer le veuf à genoux.

Victorine cala un pied sur le rayon d'une roue et passa prudemment par-dessus la claie. Hypnotisés par la scène qui se déroulait à une cinquantaine de pas d'eux, les deux tourtereaux prisonniers ne l'entendirent pas se glisser dans leur dos.

— Voou mies estre oousseou de champ qu'oosseou de gabi [1] ! dit-elle.

— Victorine !

— Chut, le Mistraou porte les voix.

— Mais que fais-tu ici ? continua Valentine dont la poitrine se soulevait.

— La routine, je venais dire bonjour aux morts et j'ai vu cette assemblée et deux saucissons sur

1. Il vaut mieux être un oiseau de champ qu'un oiseau de cage.

une gerbière. Alors je me suis dit que peut-être les deux saucissons avaient besoin d'aide et me voilà.

Elle sortit un couteau de sa besace et s'appliqua à trancher les liens des pieds et des poignets.

— On te revaudra ça, dit Fabien.

— Les comptes, ce sera pour plus tard ! Il faut filer. Suivez-moi, je connais les sentiers, répondit Victorine en sautant par-dessus la claie.

Ils la rejoignirent et s'éloignèrent à travers les houssaies, grimpant vers la Colle de Fède qui culminait à plus de huit cents mètres d'altitude. Ils n'avaient pas fait vingt pas que déjà la curiosité les travaillait. Ils s'arrêtèrent pour vivre l'affreux dénouement voulu par le veuf.

Sous l'observatoire au bord duquel ils se tenaient accroupis, ils voyaient nettement la crevasse, les rangs sombres des Limatiers, les enfants accrochés aux jupes des mères, les vieillards tordus, la mère Reynard soutenue par ses filles. Louis, porté par deux hommes, avait été placé face à l'abîme. Le veuf s'approcha de lui.

— Louis, il faut y aller.

Aller où ? Louis était tout à sa douleur, au feu qui fourrageait ses chairs boursouflées. Le veuf, la mine satisfaite, écarta ses hommes avec le manche de son fouet.

— Louis, tu m'entends ?

Ce qu'entendait Louis, c'était le chant du mistral dans les ramures, le chuchotement d'une prière, les reniflements des enfants apeurés, la toux d'une femme, la vie, le battement lourd de son cœur.

— Elle n'était pas faite pour toi. Ne t'en fais pas, petit, je la rendrai heureuse, continua le veuf en exerçant une pression du fouet sur la poitrine du supplicié.

La gueule de l'abîme s'ouvrait au ras de ses talons, le veuf souriait.

— Quand elle prendra le nom de Mosset, elle me fera des garçons, elle oubliera même que tu as existé. Saute, vermine !

Les paroles de Cendre agirent. Louis prit conscience du triomphe de son bourreau. La fille ! La Valentine ! dans les bras du veuf ! Et lui, pauvre imbécile, avec les âmes en peine au fond du trou froid.

— Saute !

La douleur cessa. Sa force revint. Elle valait celle de trois hommes. Il empoigna le veuf et le tira à lui.

— La filho t'appartiendra jamais ! dit Louis. Tu viens avec moi !

Le veuf appela ses hommes. Pas un ne fut assez rapide pour venir à son secours. Ils entendirent son cri de terreur quand le Reynard l'entraîna dans l'abîme. Jacky hurla à son tour et repoussa les hommes penchés au-dessus du gouffre. Plus rien. Son père était au fond. Là d'où, de mémoire d'homme, jamais personne n'était revenu. Elle voulut leur intimer l'ordre de descendre à l'aide de cordes, mais le pouvoir n'était plus dans le camp des Mosset. Déjà, les regards se tournaient vers Jean Reynard, l'homme fort de Limate. Un règne nouveau commençait.

Là-haut, Victorine s'en réjouit. Le Jean n'était pas rancunier. Ses amoureux allaient pouvoir vivre en paix.

— Faut songer au mariage, maintenant qu'il n'y a plus ces deux bougres, conclut-elle en contemplant le couple.

Elle fit mouche. Valentine et Fabien s'attendrirent. Leurs regards se mêlèrent et tous deux virent s'écouler le bonheur des années à venir.

15

En mai, Fabien fit sa demande officielle de mariage à Joseph Bonifay. On l'attendait en habits. Maryse en robe bleue, la poitrine ceinte d'une dentelle d'Arles, Joseph en veste sang-de-bœuf et pantalon noir cotelé, Pierre en culottes courtes et chemise flambant neuf, Valentine toute de blanc et de jaune vêtue, mal assurée sur ses pieds chaussés de bottines à talons, le reçurent devant la cabane où une table avait été dressée. Il était accompagné des Guillibert et de Cécile. Ces derniers s'étonnèrent de découvrir la transformation des lieux. Des tuiles, des vitres, des volets vert tendre, un poulailler, une citerne, un petit four à chaux, un abri pour Babi, mille détails enrichissaient le lopin de Maramoye. Ils félicitèrent les Bonifay. Cette prospérité, ils la devaient à l'exceptionnelle qualité des cades et au four miraculeux. On but le vin d'Aix et Maryse coupa le gâteau Fouque au chocolat. Quand les parts eurent été distribuées, Fabien s'adressa à Joseph :

— Je sais, mon cher Joseph, que pour se connaître

bien comme il faut, il faut avoir mangé ensemble un sac de sel. Ce sac et cent autres, je désire les partager avec Valentine. Aussi je vous demande sa main. Accordez-moi cette faveur et bénissez-nous.

Joseph se rengorgea. Il était fier de donner sa fille au Fabre. Il ne pouvait espérer meilleur parti. La Cécile s'était confiée à Maryse et cette dernière avait appris que le jeune intendant était le légataire universel du baron et de sa sœur. Mademoiselle Anne l'avait exigé car elle craignait que son frère, gagné par le démon de midi, ne fasse un testament en faveur d'une drôlesse au ventre généreux. Tout était consigné chez le notaire de Signes.

— Je te l'accorde, mon fils, et je vous bénis tous deux au nom du Seigneur qui a fait le monde, le soleil et les étoiles. Puisse-t-il m'entendre et protéger la France et l'Empire afin que vos enfants naissent dans la paix et la prospérité. Trinquons !

Ils levèrent leurs verres et les firent tinter. Maryse pleurait de joie. Elle embrassa son futur gendre et sa fille et reçut les baisers d'Anne et de Cécile. Entre le gâteau et le champagne apporté par le baron, on fixa la date des noces. Pas en mai, le mois des âmes, ni en novembre à cause des morts et en février, le mois des chats, mais en décembre. Cela laissait huit mois pour préparer le trousseau de la mariée et aménager la maison où vivait déjà Fabien. Le vin et le champagne tournèrent les têtes ; la gnole échauffa celle du baron.

— Je suis heureux pour Valentine et Fabien. Ces chers enfants sont faits l'un pour l'autre et ils sauront défendre cette terre et la liberté. Pas comme vous, qui demandez à Dieu de protéger l'Empire ! Je vous soupçonnais de sympathie avec les bonapartistes. Bon sang ! Ne voyez-vous pas que la canaille napoléonienne nous entraîne vers la catastrophe ?

— L'Empire n'est pas si mauvais !

— Charles ! intervint mademoiselle Anne. Ne commence pas à nous ennuyer avec ta politique de révolutionnaire.

— Je ne commence pas, ma douce ; j'essaie simplement de lui faire comprendre que s'il ne rejoint pas les rangs de ceux qui veulent renverser ce régime décadent, c'en est fini de son huile. Qui voudra du cade quand la guerre éclatera et que la ruine menacera le pays ? Qui...

Il s'arrêta sur ce qui. Anne venait de lui plaquer une main sur la bouche. Maryse et Cécile se mirent à rire de le voir si déconfit face à sa sœur. Il s'esclaffa à son tour et accepta de bon cœur le verre que lui tendait Joseph. Après tout, peut-être se trompait-il ?

Deux mois plus tard, alors qu'il pénétrait dans Marseille avec Babi chargé de quatre barriques d'huile, Joseph songeait aux paroles du baron. Quinze jours auparavant les cours des matières premières vendues sur les marchés avaient chuté. La faute en incombait à ce foutu gouvernement. L'arrivée aux Affaires étrangères d'un ferme partisan d'une alliance avec l'Autriche, le duc de Gramont, avait détraqué la machine politique.

— Merde et triple merde ! jura Joseph en apercevant les gros titres des journaux que les vendeurs ambulants vantaient.

BISMARCK VEUT LA GUERRE ! L'EMPIRE EXIGE RÉPARATION. MOBILISATION !

Ça sentait mauvais. Il fallait voir les Marseillais. Ils tournaient comme des toupies, hurlant qu'on allait manger les treize desserts à Berlin.

— Qu'est-ce qui se passe ? demanda-t-il à un commis.

— Les Prussiens s'en croient qu'ils vont nous escagasser sans qu'on lève le petit doigt. Ils ont humilié notre ambassadeur, le comte de Benedetti. C'est un coup tordu du Bismarck et de von Roon, le ministre de la Guerre. Il faut les rosser, ces cochons d'Allemands ! Ouais, les rosser et les noyer dans le Rhin !

Joseph ne comprenait pas très bien. Tout à la bonne marche de son four perdu sur les hauteurs de Siou Blanc, il n'avait pas suivi les événements. Seul Guillibert le pourvoyait épisodiquement en nouvelles.

Il arriva à l'extrémité de la rue Saint-Ferréol quand une poussée plus rude du flot des excités le projeta avec son mulet sur la Canebière. On était le 15 juillet et on se serait cru encore au quatorze. Sous ses yeux se répandait une marée d'hommes et de femmes, des enfants jouant aux soldats, des marins en uniforme, des sapeurs, des artilleurs, des boutiquiers et des prêtres qui tentaient de s'organiser en bataillons. Cet océan de têtes chapeautées, casquées ou nues recevait des renforts de minute en minute. Le peuple du Panier dévalait le Pavé d'Amour en chantant *La Marseillaise.* Les bourgeois du Grand Cours criaient « Vive l'Empereur ! », les ouvriers des savonneries grondaient au coude à coude avec les cheminots et les manœuvres du port. Tout ce grouillement se dirigeait vers la mairie, applaudi et encouragé par les rentiers qui du haut de leurs balcons pavoisés aux couleurs de la France espéraient une victoire et de rapides profits.

Ça sentait réellement mauvais. Joseph poussait, forçait, ne voulait plus entendre cette foule qui lui sapait le moral. Une épaisse poussière s'élevait des pavés, chargée de l'odeur de sueur des manifestants, une odeur pénétrante, acide qui nouait les tripes et annonçait celle de la mort. Plus il avançait, plus une sourde peur le tenaillait. Il voyait la ville en colère. Elle était le poumon de la Provence, la halle de l'Afrique et de l'Orient. Il la savait fragile. Si une catastrophe nationale se produisait, elle allait terriblement souffrir et lui avec. Le baron de Guillibert avait de la chance. Les prix des chevaux grimpaient. L'armée en avait besoin pour ses régiments de cavalerie.

— Laissez-moi passer !

— Où tu vas, rufian, avec ton mulet qui pue ? demanda un maçon tout plâtré de blanc.

— Livrer mon huile.

— Mais on s'en fiche, de ton huile. C'est de la poudre noire qu'il nous faut ! Hein qu'il nous faut de la poudre à canon ? cria le maçon à la multitude qui l'entourait.

— De la poudre et des armes !

— Des sabres !

— Des baïonnettes !

Joseph fut ballotté, rejeté vers la rue des Templiers. Partout ce n'étaient que vagues d'hommes, déferlement de femmes, cris révolutionnaires, explosions de pétards, poings levés, gibus brandis pour des hourras, torrents qui battaient le flanc des maisons des rues de la Palud, de Noailles, de l'Échelle et le cul des églises. Étaient-ce la fête nationale, les fastes de l'Empire, ce mistral qui avait tant soufflé qui les rendaient fadas ? Ou bien était-ce lui qui perdait le sens des réalités ? Il ne reconnaissait plus les quartiers où il livrait son huile toutes les trois semaines. La cité l'écrasait de toute sa violence.

Tant de rendez-vous avec l'histoire avaient été manqués. Les Marseillais, conscients que de nouvelles opportunités allaient se présenter, voulaient saisir l'occasion d'élever leur ville au rang de Paris, d'Alexandrie et de Londres. Joseph ne pouvait pas comprendre ; il n'était qu'un paysan, fils de paysan, attaché à la terre. Ses ancêtres avaient peut-être vu passer des envahisseurs, il n'en savait rien. Il avait été baptisé avec un morceau de cade sur le front et il mourrait avec un morceau de cade sur le cœur. Le monde pouvait s'embraser, il s'en fichait. Seuls comptaient l'huile et l'argent qu'elle rapportait.

Il se retrouva soudain dans une zone calme du côté de l'hôpital du Saint-Esprit. Il n'était pas loin de la plupart des boutiques et des officines de ses clients. Il était dix heures du matin et, pour la première fois, il n'y avait aucun chaland le long des arcades et des ruelles commerçantes et dans les marchés à ciel ouvert, seuls des chiens et des chats furetaient entre les étals vides. Une pensée aiguë traversa son esprit engourdi par la fatigue : « C'est la fin du monde. » Son estomac se souleva, puis la nausée se calma. Un cortège de sœurs passa, des prières plein les yeux et de gros pains plein les bras en prévision de quelque charité. Quand elles disparurent, le silence devint tel que Joseph dut presser le pas pour ne pas se laisser abattre.

Tout lui était si étranger, tout semblait si anormal, si calme. C'était comme si un orage dévastateur se préparait à fondre sur une cité inconnue dans laquelle il ne trouvait plus son chemin. Tournant au coin d'une rue, il reconnut soudain la pharmacie de maître Blanc. Il était sauvé. Rue des Festons-Rouges. Chez maître Blanc. Le roi du sirop pour la toux et du savon au cade. C'était comme si les violentes absurdités proférées par les Marseillais n'avaient jamais été prononcées. Il allait vendre son huile.

— Tu vois Babi, on s'en est sortis !

Le mulet remua les oreilles. L'animal était en pays de connaissance. Cette halte allait le soulager d'une vingtaine de litres d'huile.

— Tiens, pour la peine, voilà une carotte, dit l'homme en lui présentant le légume.

Il en apportait toujours une botte dans son sac à dos. Babi aimait les récompenses. Lui aussi. Une envie de bonne soupe à l'ail lui vint à la bouche alors qu'il se rapprochait de la pharmacie. Entre les hautes maisons dont les pignons se touchaient presque, les odeurs de cuisine stagnaient. Des daubes mijotaient là, il en devinait la saveur, des senteurs de thym et de romarin imprégnaient les murs séculaires, un fumet de sardines grillées et des fragrances de sauces se mêlaient à une fraîcheur de menthe. Mais les fées aux cuillères magiques ne se manifestaient pas. Aucune femme opulente penchée à sa fenêtre, pas de mégère ébouriffée guettant sa voisine à travers les linges étendus, ni même une grand-mère épluchant des légumes sur un pas de porte ; elles avaient toutes suivi leurs braillards d'époux et de frères sur les pentes du Panier. Son inquiétude revint ; elle se transforma en une angoisse irrépressible quand il vit la pancarte sur la porte vitrée : « Fermé. »

— Mécréant ! lâcha-t-il en pensant au visage de fouine de maître Blanc dont le crâne était aussi lisse qu'un œuf verni.

« Bon, on va attendre », se dit-il.

La faim et les habitudes ramèneraient les Marseillais chez eux. Il n'en doutait pas. Il alla jusqu'à parier avec Babi que le Blanc pointerait son museau enfariné à midi tapant. En attendant le pharmacien, il pensa à l'argent qu'il avait sur lui ; il n'en laissait que très peu à Maramoye. Avec les Limatiers, on ne savait jamais. Ces voleurs de poules et de bois pouvaient être tentés de fouiller la cabane quand Maryse et Valentine surveillaient le four ou coupaient le cade. Il se tâta la poitrine. Mille six cent cinquante francs en billets dormaient sur son cœur. Les coupures remplissaient un portefeuille de cuir acheté au marché d'Aubagne et il songeait à en acquérir un second qu'il glisserait dans son pantalon, bien serré par la ceinture. Mille six cent cinquante francs d'économies. Sans les travaux d'urgence et l'achat des meubles, il en aurait eu plus de deux mille.

En un an, il avait gagné ce qu'un ouvrier des savonneries gagnait en trois. En multipliant la construction des fours sur le plateau, il pouvait agrandir son pactole. Tout était une question d'organisation ; il suffisait d'acheter des terres à genévriers et d'engager des apprentis. La main sur le cœur, il se vit propriétaire de cent hectares et de dix fours. Il élèverait sa maison fortifiée au sommet de la tête de l'Évêque car, de là-haut, on pouvait contempler tout le plateau de Siou Blanc, la Sainte-Baume et la mer. Et on lui donnerait du « monsieur Bonifay » en faisant des courbettes. Une chose était certaine : le mariage de Valentine et de Fabien allait précipiter ses projets. Il se faisait fort de persuader son gendre de plaider sa cause auprès du baron afin que ce dernier lui vende Maramoye pour une somme symbolique. Dans cette fièvre de l'imagination, il pensait déjà à sa première promenade en calèche personnelle sur le cours Barthélemy à Aubagne. Quelle revanche ce serait ! Lui, le paysan errant de la Sainte-Baume, devenu l'un des rois du négoce de l'huile !

Les cloches tintèrent. Douze coups pour rappeler qu'on avait un ventre et des papilles. Joseph jubila quand il vit revenir les blanchisseuses, les ramoneurs, les taffetassiers, les vanniers, les repasseuses et tous les représentants des mille et un métiers qui faisaient la richesse de Marseille.

— Bou ! Je te le dis, Babi ; ils sont pas prêts pour les privations, tous ces drôles qui crient à la guerre. Ils veulent réveillonner à Berlin, tu te rends compte ? Dans un pays où il n'y a même pas de thym. Tiens ! qu'est ce que je t'avais parié ? Il est là, notre Blanc.

En effet, maître Anselme Blanc, sa femme, son fils et son commis arrivaient. Le pharmacien portait un drapeau tricolore roulé autour d'une hampe.

— C'est les Prussiens qui vont trembler à présent que le spécialiste du sirop pour la toux joue au guerrier ! dit tout bas Joseph, avant de saluer à voix haute : Bonjour, maître Blanc !

— Ah, te voilà, toi !

— Eh oui ! trois semaines qu'on ne s'est vus ! Depuis l'huile a coulé. J'ai votre part !

— On va voir cela, répondit maître Blanc en déverrouillant la porte vitrée de son officine.

Madame Blanc passa devant Joseph sans un regard. Tout dans son attitude de petite bourgeoise froide et pincée semblait classer chacun à sa place : les crottés dans leurs collines, les ouvriers dans leurs usines, les bagnards à Toulon et les gens bien entre eux dans les salons. Cette distance qu'il ressentait, Joseph ne s'en formulait pas exactement la cause. De toute façon, il ne s'en souçiait pas ; les chichis de madame Blanc n'influençaient en rien les paiements. Elle ramena brusquement à elle son garçonnet très attiré par Babi :

— Tu veux attraper des lentes et des puces ?

L'enfant promena ses yeux globuleux sur le poil de l'animal et eut l'audace de répondre :

— Y a pas de vermine, il sent trop le cade.

— C'est malpropre et vicieux ces bêtes-là, répliqua-t-elle. Et puis je t'interdis de me parler sur ce ton devant des étrangers. Va dans ta chambre ! Prends ton missel et lis cinquante fois à haute voix la lettre de saint Paul aux Éphésiens.

— Le petit a raison, intervint Joseph. Le cade protège Babi...

— Votre cade pue. Il empoisonne ma maison ! Vivement la guerre et qu'on y envoie tous les paysans de votre espèce !

— Allons, ma douce, mesure tes propos. Sans paysans, la France n'existerait pas, dit maître Blanc. Tu froisses notre cadier. Laisse-nous, mon cœur, j'ai une affaire à régler.

Madame blanc, courroucée, se détourna et monta à ses appartements. Elle n'avait pas franchi le seuil que déjà elle martyrisait son fils en lui tordant l'oreille. Maître Blanc en souffla de dépit.

— Excusez-la ; elle est comme toutes les femmes. C'est l'époque. Elles rêvent des fastes de la cour, des bals de l'impératrice. Et on ne peut leur offrir que le bal de la préfecture.

— Je comprends, je comprends...

Il comprenait surtout que madame Blanc méritait une fessée. Est-ce que Maryse rêvait de valser aux Tuileries ? Assurément non.

— Enfin, la guerre va mettre un terme aux folies d'Eugénie. Le pays va avoir grandement besoin d'argent. Le maréchal Lebœuf[1] nous annonce la mobilisation de 1 140 000 hommes en comptant les 500 000 gardes mobiles. Cela va nous coûter très cher et je crains une augmentation exceptionnelle des impôts. Je suis conscient, nous allons devoir nous serrer la ceinture...

Oh, Seigneur, Joseph n'aimait pas cette entrée en matière, mais pas du tout ! Maître Blanc savait pleurnicher au moment des tractations. Cette fois, les événements lui donnaient la possibilité de verser de vraies larmes et de réduire les prix.

— Mais non, au contraire ! Rappelez-vous en 1859, après notre victoire sur les Autrichiens à Solferino, les prix ont flambé et nous avons vécu dans la prospérité. Il en sera de même avec les Prussiens.

— Cela fait onze ans, et depuis les Autrichiens ont été battus aussi par les Prussiens à Sadowa. L'issue est incertaine. Aussi dois-je me montrer prudent ; je t'en offre deux francs le litre.

Joseph en eut le souffle coupé. Habituellement, ils parlotaient en grignotant « des crottes de mur » achetées au marchand de plaisirs du coin. Ils avançaient avec tact leurs arguments en sirotant l'absinthe préparée dans l'arrière-boutique.

Les crottes sucrées, la liqueur verte adoucis-

1. Ministre de la Guerre en 1870.

saient la discussion et on parvenait à un accord honorable pour les deux partis. Aujourd'hui, on était à l'heure de la guerre et maître Blanc venait de trancher l'habituel ergotage d'un coup de sabre.

— C'est pas possible ! balbutia Joseph.

— Allons, Bonifay, il faut se rendre à l'évidence : les temps vont être durs.

— Mais vous m'en avez déjà donné cinq sous de moins la dernière fois. À présent, vous enlevez encore vingt sous. En moins de deux mois, le tarif passe de trois francs cinq sous à deux francs. Moi, je dis que c'est pas possible !

— Bien sûr, je ne dis pas qu'on peut pas discuter, reprit maître Blanc. Je ne tiens pas à ce que tu m'accuses de vol, ma notoriété en souffrirait. Vois-tu, Bonifay, tu as tort de t'entêter. Je peux te donner deux francs cinq sous et c'est parce que je t'aime bien.

« Salopard, pensa Joseph. On voit bien comment tu vis. Au milieu des capitons et des fanfreluches. Quand je suis devant mon four, assis dans la neige, et que les loups rôdent, tu lis ton journal face à l'âtre aux marmousets dorés. Quand je bourre le feu à minuit, tu dors en bonnet de nuit auprès de ta douce. »

— Deux francs six sous ! lança-t-il tout haut.

Joseph croisa les bras, l'œil sévère. Ce serait deux francs six sous ou rien. Maître Blanc, le lorgnon sur le nez, évalua la détermination du cadier. Son front se rida. Il fit semblant de réfléchir en passant une main sur le brillant de son crâne, parut se raviser et lâcha :

— Tu boulègues[1] mes principes. C'est pas bien, c'est pas bien du tout. Si tu n'es pas capable de faire le dos rond, le temps d'une crise de quelques mois, tu es perdu. La Provence est riche en genévriers et les nombreux cadiers qui la parcourent peuvent se montrer moins gourmands que toi et...

— Deux francs six sous !

— C'est bon ! Tope-là, mais c'est la dernière fois que tu fais ton prix.

Ils se frappèrent les mains et le sourire revint. Joseph transvasa son huile dans les bocaux gradués du pharmacien, puis reprit sa tournée. Il était un peu sonné, un peu inquiet, un peu hargneux. Maître Blanc avait entamé son rêve de prospérité.

Il traversait le haut du Panier. Le plus vétuste des quartiers de Marseille était sillonné de rues tortueuses et étroites. Le pavé éclairé par les clartés tremblotantes tombant du ciel que l'on ne voyait que par trouées était jonché d'ordures. Des marches graisseuses coupaient les maisons soutenues par des poutres vermoulues. Des intérieurs de misère s'ouvraient çà et là. Des enfants travaillaient l'osier et la paille sous les regards inquisiteurs de leurs patrons. Joseph vit tous ces petits visages que le chaud après-midi de juillet faisait transpirer. Il en fut tout retourné. Ce sentimentalisme inattendu acheva de le décourager. Lui qui avait si faim trouvait à présent que l'air sentait le

1. Tu remues.

mauvais graillon et l'oignon brûlé. À cela s'ajoutaient les relents d'urine et de merde stagnant dans les minces ruisseaux qui couraient au centre des artères. Moral, appétit, tout foutait le camp. Quand il parvint à l'hôpital de la Charité, il n'eut pas la force de s'opposer à l'économe et dut accepter de vendre son huile à deux francs deux sous. Chez le docteur Davan, rue de la Renarde, ce fut pire : deux francs. Deux francs encore à la savonnerie Girorme. Ensuite, les prix dégringolèrent et il céda ses cinq derniers litres d'huile pour un franc dix sous.

— Ils se sont passé le mot. Tous des voleurs sans vergogne. Il faudrait les pendre aux platanes de la Canebière. Hein, Babi, que j'ai raison ?

À présent, il guettait jalousement tous les bourgeois en haut de forme. Chacun d'eux lui donnait envie de le suivre à la trace jusque dans un coin désert. Il pourrait alors l'assommer et le dépouiller de son portefeuille. La guerre, il la désirait ici. Marseille bombardée. Marseille éventrée et livrée au pillage des soldats et des mercenaires. Il en serait, lui, et brûlerait les hôtels particuliers, l'évêché, abandonnant les demoiselles et les sœurs aux troupes débandées et ivres.

Sa haine devint telle qu'il l'afficha ouvertement, insultant un monsieur cravaté qui promenait sa suffisance sur le quai du Bois. Un bandoulié le rappela à l'ordre. Joseph se dégonfla salement. Il avait toujours craint les policiers et ce bandoulié au sabre épais, le pistolet passé à la ceinture, pouvait le mettre au trou après confiscation de son argent.

Il se fit humble. Il lui sembla que, pour le narguer, la ville s'emplissait brusquement de moqueurs et de persifleurs, le dévorant des yeux avant de le ridiculiser.

— Seigneur, que vais-je devenir si mon huile ne vaut plus rien ?

Il se mit à envier les marins que les voiliers emportaient au-delà du fort Saint-Jean, vers les pays dorés d'Afrique. La tentation de s'embarquer pour l'Algérie s'effaça aussi vite que les friselis de l'eau agitée par la douce brise marine. Qu'aurait-il fait dans les colonies ? Son savoir de cadier ne valait rien outre-mer et il était trop vieux pour apprendre un autre métier.

— Qu'est-ce que je vais dire aux miens ?

Il en aurait versé toutes les larmes de son pauvre corps fourbu à force de penser aux espérances flétries. Mais ç'aurait été se donner en spectacle à cette racaille de feignasses qui vivaient sur le dos des travailleurs. Une voix l'intrigua. Elle venait de la place de l'Hôtel de Ville où une foule nombreuse attendait des nouvelles de la crise. Il connaissait celui qui lançait :

— Pourtas vosti couteu, cousiniero ! Vosti cisèu, midamo ! E vous, messiés, avès pas de tranchet, pèr l'amoulaire [1] ?

Bertrand le rémouleur. Une vieille connaissance. Quelqu'un de plus malheureux que lui. Aiguiser des lames rapportait peu. On y gagnait

1. Cuisinières, apportez vos couteaux ! Apportez vos ciseaux, mesdames ! Et vous messieurs, n'avez-vous pas de tranchets pour le rémouleur ?

cependant une vraie liberté. La liberté de pousser sa grande et lourde meule au hasard des villes et des villages. Joseph alla à la rencontre de l'homme qui faisait sa tournée pour rassembler les ciseaux, les scies, les coutelas et les outils dans le large sac qu'il portait sur le dos. Bertrand était sec, raboté par le vent et les pluies qu'il subissait lors de ses pérégrinations. Il flottait dans sa longue blouse bleue. Son mourre vinachoux[1] rayonnait sous le large feutre surmonté d'une plume de paon.

— En voilà un homme heureux ! s'écria Joseph.

— Oh ! Bon homme ! Joseph ! Qué fas ? C'est pas ton coin, les quais !

— Je promène mon mulet, railla Joseph.

Bertrand n'eut pas le temps de pousser plus loin la conversation. Un vieux tout courbé l'aborda et lui tendit un sabre rouillé.

— Vous pouvez me le remettre à neuf pour ce soir ? demanda-t-il au rémouleur. J'habite au 8, place de la Tour. Monsieur Vernette.

Bertrand répéta mentalement trois fois l'adresse avant de répondre :

— C'est un gros travail. Ça fait dix sous pour la rouille et deux pour égaliser et aiguiser le tranchant.

— Ton prix est le mien. Je veux qu'il coupe aussi bien que lors de la campagne de Russie.

Le vieux demi-solde du premier Empire eut certainement en mémoire des charges de cavalerie et

1. Son visage qui trahissait son goût pour le vin.

des têtes tranchées car ses paupières se fermèrent et il serra les lèvres.

— Elle sera prête à servir dans quatre heures.

Le vieux parti, Joseph siffla d'admiration.

— Douze sous !

— Je te le fais pas dire. Depuis une semaine, ils ne discutent plus les tarifs. Tè ! Vois-moi ces commandes.

Bertrand ouvrit le grand sac qu'il portait à l'épaule pour y mettre le sabre. Il y en avait cinq autres et deux baïonnettes au milieu des couteaux de cuisine et des tranchoirs.

— J'ai pas fait mon compte, mais il y en a pour au moins cinq francs. Ce matin j'ai fait tourner ma meule pour six francs et sept sous. J'ai jamais connu une pareille gloire. Quand je me plante à l'angle d'une place, on vient me voir en rangs serrés. Les jeunes qui méprisent tant mon métier restent en contemplation devant mon travail et je pédale sans arrêt pour faire jaillir les étincelles sur les armes apportées par leurs pères.

Joseph n'en revenait pas. Le rémouleur s'enrichissait. Il trouvait cela injuste. En trois ou quatre jours, il pouvait apprendre à aiguiser. Il aurait fallu deux ans à Bertrand pour se servir d'un four à cade. Il en éprouva une profonde amertume.

— Et toi, mon bon Joseph, les affaires ? Ah, je comprends, tu as encore perdu ?

— Je ne joue plus.

— Comment, tu ne joues plus ? Alors que tous les pigeons de Marseille se sont mis aux cartes et à la politique, ces derniers temps ? Les parties deviennent faciles. J'ai gagné cent vingt francs à l'entrepôt des messageries.

Il vit les doigts crochus de son collègue froisser des billets invisibles. Geste superflu et qui lui donna de l'émotion. Il sut d'emblée qu'il ne serait pas sincère et répondit :

— Non, Bertrand, je ne joue plus.

— Y en a qui misent des vingt francs-or. Et même des cinquante francs. C'est trop pour moi.

— Cinquante ? Des napoléons à tête laurée ?

— Oui, des tout beaux, tout en or, avec l'aigle en armoiries et « Dieu protège la France » gravé en relief sur la tranche.

Il fallait résister. Ses pensées devaient porter sur quelque chose, aller quelque part. Il se tordit les mains. Ses pensées n'étaient que tas d'or et tas de cartes. Il essaya délibérément de se rappeler le pont du Diable et d'éveiller ses peurs. Il n'y vit qu'un démon assis sur des sacs d'or et des dés magiques multipliant les doubles six.

— Les messageries, tu as dit ?

— Oui, les messageries, le café du Grand Cours, la maison Rose, les bastringues. Ça joue partout.

— Ben ça alors.

Il était perdu. Il se tâta la poitrine. L'argent économisé lui brûlait le cœur. Il pouvait doubler, tripler la somme...

16

Huit jours. Huit jours et Joseph n'était toujours pas revenu de Marseille. Maryse se morfondait heure après heure. Postée sur une bille de bois, elle attendait jusqu'à la nuit. Où était-il ? On disait que Marseille était en armes depuis le vote du Parlement le 15 juillet. Les crédits pour la guerre avaient été votés à une majorité écrasante. Même Gambetta, Ferry et Picard, pourtant fermement opposés au conflit avec la Prusse, avaient dit oui. Tous ces détails, elle les tenait du baron de Guillibert qui commentait et exagérait les articles hostiles au gouvernement parus dans *Le Peuple* et *L'Égalité*.

Quand sa sœur lui avait demandé de se rendre à Marseille avec Fabien afin de retrouver Joseph, il ne s'était pas fait prier. L'expédition avait été tumultueuse. Le baron avait voulu faire le tour des cercles et des bordels. Ils avaient rencontré les partisans d'Alfred Naquet, le radical qui revendiquait la présidence d'un comité de salut public et la tête du général Aurelle de Paladines, commandant les troupes de la ville. La baron avait failli s'associer avec ce chef radical. Fabien lui avait rappelé que la priorité était Bonifay et qu'il y avait là-haut sur le plateau de Siou Blanc une épouse et une fille désemparées par son absence. Les recherches avaient repris et Guillibert avait offert de l'argent à des mauvais garçons de sa connaissance pour passer le Panier et le port au crible. Aucune trace du cadier et du mulet. On s'était résigné. Fabien et le baron étaient revenus à Signes sans le moindre indice. C'était il y avait deux jours.

Le huitième s'achevait. Un crépuscule rouge nimbait les rondeurs des collines et Maryse s'usait les yeux dans le cercle du soleil qui se défaisait lentement à l'horizon. La route plongeait entre les genêts chargés d'insectes, les cigales zézayaient, la brise se chargeait des mille odeurs de la garrigue et agitait mollement la mer ombrageuse des chênes ; un peu de fumée perlait entre les pierres du four.

Valentine surveillait l'évolution du feu. Elle venait de déchausser une partie de la cheminée. Elle avait un œil sur sa mère, un autre sur la bouche de distillation et une dent contre son père. Quand le four lui en laissait le temps, elle marchait, emportée par la colère, allant de la route à sa mère qui restait prostrée.

Voyant que l'huile n'était pas sur le point de couler, elle refit pour la centième fois ce trajet. Quand Maryse vit sa fille se découper dans le soleil mourant, elle lâcha des paroles décousues. Le plus souvent, elle affirmait que son Joseph avait été attaqué par les gens de Cuges et que les gendarmes allaient ramener son corps. À d'autres moments, elle mettait sa disparition sur le compte des loups ou d'un éboulement. Jamais elle n'évoquait le jeu et ses dangers.

— Il a peut-être eu une embolie, dit-elle à Valentine.

— Il va revenir. Je le sens. Tu devrais te reposer. Rentre à la maison, je vais te préparer du bouillon.

— Oh, je voudrais que Dieu t'entende. Moi, je ne sens que le malheur !

Valentine ne révéla pas l'origine de sa certitude : Victorine. La petite avait interrogé les cartes. Le père allait revenir pour repartir aussitôt vers le Nord. Sa mort n'était pas pour l'immédiat ; elle frapperait là où on ne l'attendrait plus quand Bonifay auréolé d'une gloire de foire montrerait un roi à sa fille. C'étaient des paroles bien sibyllines mais Valentine s'en contenta. Son père était vivant et il allait reparaître comme un chien battu. Elle avait déjà vécu ces retours désastreux.

Elle parvint à ramener sa mère à la maison et à lui faire boire du bouillon. Puis elle la coucha. Quand elle revint près du four, l'huile coulait. Alors elle se laissa pénétrer par l'odeur forte et âcre jusqu'à l'étourdissement. Demain, Fabien l'aiderait à ouvrir le four et à préparer la nouvelle fournée. Après, elle s'abandonnerait à lui, oubliant enfin son père indigne.

Joseph prit le ruban poudreux qui menait à Siou Blanc. La lune argentée éclairait la Sainte-Baume et les hauteurs d'Agnis. Le blanc bleuté des sommets rocheux touchait la clarté des étoiles. Il aurait préféré une nuit noire, la pluie, le froid. Lutter contre les éléments lui aurait un peu vidé la tête de toutes les peines et épreuves. Le plus dur restait à accomplir. Qu'allait-il raconter? Même s'il se frappait la poitrine mille fois en gueulant « Je suis une ordure, un vaurien, je ne mérite pas de pardon », cela ne changerait rien à la douleur des siens.

Encore dix minutes et il se retrouverait face à face avec sa fille et sa femme. Il grimpa, voûté, harassé de remords, ralentit à l'approche de Maramoye et ne put se résoudre à faire un pas de plus quand la blancheur du cabanon se détacha au milieu des cades et des chênes.

— Papa?

Valentine. Elle était au four.

— Oui, c'est moi!

Il avait la voix faible. Elle ne fut plus que murmure quand sa fille lui demanda :

— Mais... où est Babi?

— Je l'ai perdu...

Un flux de sang monta au visage de Valentine. Elle savait que le verbe perdre dans la bouche de son père ne signifiait pas égarer. Babi avait été joué. Babi en enjeu. Babi misé et perdu.

— Tu me dégoûtes!

— Je voulais pas.

— Je croyais que c'était fini, que nous allions

nous aimer tous à nouveau. J'avais même de l'admiration quand tu t'occupais de ton four. Oh, je voudrais que tu disparaisses de notre vie.

Joseph acceptait les remontrances de sa fille. Il ne rétorqua rien. Comment lui expliquer qu'il était prisonnier du jeu, que chaque atome de son corps ne vivait que par le jeu ? Quand il tirait une carte, il frissonnait des pieds à la tête ; quand il misait, il éprouvait une jouissance extrême. Perdre ou gagner. Peu importait. Seuls comptaient le tourbillon des trèfles, des carreaux, des piques et des cœurs, les enchères, les coupes, les suites, les atouts. Lorsqu'il finissait une partie, il était éreinté, comme s'il avait passé une nuit à faire l'amour avec plusieurs femmes. Oui, il avait donné Babi, perdu tout son argent et son honneur. Il avait même perdu sa liberté, mais il n'arrivait pas à l'annoncer à sa fille. Maryse devait savoir. Maryse pardonnerait.

— Où est maman ?

— Où veux-tu qu'elle soit ? Elle ne court pas les bouges, elle ! Laisse-la ! Va-t'en ! Tu l'as assez fait souffrir.

Comme il reprenait sa marche, elle s'interposa entre lui et la maison, mais il l'écarta et ne desserra pas les dents jusqu'à l'instant où sa femme attirée par l'altercation s'écria :

— Joseph ! Oh ! mon Joseph ! Dieu soit loué, tu es de retour.

— Ne te réjouis pas, j'ai commis un grand péché.

— Il a joué, maman ! Il a joué et perdu Babi.

— Joseph ! dis-moi que ce n'est pas vrai.

— C'est vrai.

— Et nos économies ?

— Raflées par un tricheur. Un cordier du vieux port. J'avais cinq mille six cents francs avant...

Maryse le gifla violemment. Il en eut le souffle coupé. Jamais elle n'avait osé se rebeller. Des larmes montèrent à ses yeux ; il se détourna et fouilla dans le coffre qui contenait ses vêtements.

— Que fais-tu ? Que fais-tu ?

Maryse regrettait déjà son geste. Paniquée, elle adressa un appel au secours muet à Valentine. Cette dernière ne bougea pas. Elle regardait faire son père. Il prit un pantalon neuf, une chemise, un gilet, une veste de velours et sa grande cape doublée de mouton.

— Que cherches-tu ? demanda Maryse d'une voix cassée par l'émotion.

— Je cherche rien, je fais mon balluchon pour le voyage.

— Quel voyage ?

— Je dois rejoindre mon régiment.

Maryse eut l'impression de devenir folle. Elle crut entendre le baron parler de la guerre et de la mobilisation des classes, puis elle réalisa qu'à trente-cinq ans, son époux était exempté de rappel sous les drapeaux. Il mentait. Il y avait une femme là-dessous, une garce les yeux pleins de vice et le cul en feu. Les hommes préféraient et respectaient plus les putes que leurs épouses. Son mari n'échappait pas à la règle.

— Es uno messongeo ! lança-t-elle.

— Non maman, il ne ment pas, dit calmement Valentine en la prenant par les épaules pour la consoler.

Valentine devinait toujours son père. Elle le connaissait trop. Il lui était difficile de travestir la vérité. Cette histoire de régiment qui le meurtrissait intérieurement s'imposait inexorablement, le vieillissant. Il était comme absent à tout raisonnement et à ses fanfaronnades habituelles, répondait par automatisme.

— Père, pourquoi le régiment ?

— Le cordier, il m'a eu.

— Explique-toi.

— J'avais plus rien à miser... même le pauvre Babi venait d'y passer. Ce gros salopard de marchand de ficelles, que le diable l'enfourche...

Son balluchon noué jeté sur l'épaule, Joseph semblait revivre l'ultime partie dans l'arrière-salle d'un entrepôt où des dizaines de mordus accompagnés de poufiasses se brûlaient les doigts et l'âme à l'écarté, à la manille, à l'hombre, au reversi ou au chemin de fer. Lui avait d'abord gagné gros au pharaon avant de se retrouver à la table du cordier avec un avocat et un maquereau. On avait décidé de jouer à l'hombre, puis au vingt-et-un. Le cordier les avait plumés un à un et, quand Joseph avait voulu se retirer, cette crapule lui avait fait une proposition qu'il n'avait pas pu refuser.

— J'avais plus rien à perdre sauf ma liberté, dit-il à Maryse et Valentine qui l'écoutaient avec une curiosité mêlée de dégoût et d'effroi. Son fils avait tiré le mauvais numéro[1] pour l'armée et il devait partir à la guerre. Quitte ou double, m'a-t-il dit en m'annonçant le montant de l'enjeu. Si je gagnais, je récupérais tout mon argent et Babi ; si je perdais je remplaçais son fils. La suite... c'est mon balluchon et mon départ pour le 10e de ligne dans le 13e corps d'armée commandé par le général Vinoy.

— On peut le rembourser, cet homme ! cria Maryse... J'ai de l'argent... J'en ai. Attends ! Il est là-bas.

Maryse se précipita au-dehors. L'argent, elle le cachait toujours dans la faille qu'elle avait repérée en arrivant à Maramoye. Elle reparut avec son trésor enveloppé d'une triple protection de cuir et de toile cirée. Fébrile, elle le dévoila puis le mit sur la poitrine de Joseph.

— Tiens, c'est pour toi ! Prends ! Rembourse ta dette et recommençons comme avant.

Joseph, le cœur gros, contempla les mains en coupe de sa fidèle compagne. Il y avait là des sous, des un, deux et cinq francs, tout au plus une centaine de francs, le centième de sa dette.

— Il est trop tard, dit-il.

Elle voulut les lui mettre dans la poche mais il refusa.

— Vous en aurez besoin.

— Et toi !

— J'aurai ma solde, un franc par jour. Adieu,

1. Le service militaire s'effectuait alors par tirage au sort.

j'ai été un mauvais mari ; prie pour que je sois un bon soldat.

Elle lâcha l'argent et se jeta contre lui, l'embrassant éperdument, et il lui rendit son baiser comme au temps de leur jeunesse. À les voir ainsi, enlacés, Valentine en fut ébranlée. L'amour lui apparaissait dans toute sa pureté. Ce fut bref, mais cela suffit à la rendre conciliante. Lorsque Joseph se sépara de Maryse et se campa face à elle, elle accepta le baiser qu'il lui déposa sur le front :

— Prends soin de ta mère et continue à distiller notre huile. Tu connais tous mes secrets, à présent. Fais-en profit.

Ce furent ses dernières paroles. Il s'en alla avant les douze coups de minuit et suivit la course de la lune vers Cuges.

Maryse dépérissait. L'absence de Joseph la tuait à petit feu. En six semaines, elle qui n'était déjà pas bien épaisse avait maigri de sept kilos. Valentine, aidée de mademoiselle Anne et de Cécile, l'entourait d'affection et de soins. Elle refusait de manger, grignotait à peine quand les femmes se liguaient contre elle et la grondaient. La plupart du temps, elle s'asseyait face au four et tournait et retournait la bague de mariage autour de son doigt amaigri. Si, au moins, elle avait eu des nouvelles de son homme, elle se serait battue, elle aurait cassé du bois, coupé les racines de cade, conseillé Fabien qui livrait l'huile à Marseille, mais le courrier ne circulait plus. Le pays était asphyxié.

L'État sombrait. L'armée en débâcle n'était plus commandée.

Pourtant tout avait bien commencé. Le 2 août, quand les Français prirent Sarrebruck, on crut que Napoléon III allait renouer avec la gloire de son illustre ancêtre. À Signes, on apprit la victoire le 5. Le maire fit organiser un bal. On dansa, puis les chants patriotiques remplacèrent les flonflons et le prêtre avoua qu'il n'avait jamais entendu ses ouailles chanter avec tant de foi et d'enthousiasme. Ce que tous ignoraient en ces heures de liesse, c'était que le maréchal Mac-Mahon avait été battu le 4 août à Wissembourg. Cette défaite et celles qui suivirent causèrent un vif émoi et on commença à gronder contre les incapables du gouvernement et les chefs de l'armée. Le 6, la IIIe armée se fit écraser à Wœrth et se sacrifia à Reichshoffen. Le 7, l'Alsace était perdue. Les catastrophes s'enchaînaient les unes aux autres. Le 2 septembre, le désastre de Sedan mit un terme au rêve de l'empereur et aux espoirs des Français. Désormais, on ne pouvait plus compter que sur l'élan patriotique et quelques miracles.

Cet élan, Maryse ne l'avait jamais ressenti. Dès le début, une pensée perça son cœur, une pensée terrible qu'elle avait presque avouée à Valentine, sans se l'avouer à elle-même : son Joseph était mort. Il lui restait la foi en Dieu. Elle s'en servit pour défendre son époux, multipliant les prières et parlant aux étoiles si proches du beau royaume des Cieux. Elle voulait le retrouver là-haut et était prête à sacrifier des millions d'années pour partager ses péchés au purgatoire. Parfois, quand elle espérait un signe du Ciel agenouillée sur les pierres coupantes de la garrigue, Valentine la rejoignait et la serrait si fort contre elle qu'elles entendaient leurs cœurs battre. Elles éclataient alors en sanglots.

Rien ne viendrait du Ciel, Valentine en était sûre. Dieu n'avait pas sauvé l'empereur malgré les milliers de processions organisées dans le pays, malgré des tonnes de messes. Comment pouvait-il tendre la main à un Joseph Bonifay, mauvais chrétien qui préférait les as et les valets aux anges et aux saints ? Contrairement à sa mère, elle croyait son père assez malin pour ne pas s'exposer au feu de l'ennemi. Elle l'affirma au baron de Guillibert lors de sa visite quotidienne avec mademoiselle Anne, Cécile et le petit Pierre.

— Mon père s'en est sorti.

— Il y a des chances, répondit Charles de Guillibert. Le 13e corps dans lequel il a été incorporé a réussi à se replier sur Paris. Vinoy est un bon général. À l'heure qu'il est, notre Joseph doit fêter l'instauration de la République sur les Champs-Élysées. Vous verrez, Maryse, la République nous sauvera et votre homme reviendra parmi nous en héros.

Maryse ne l'écoutait plus. Des héros, il y en avait plein les cimetières. Et son Joseph était quelque part, enfoui sous la terre noircie de poudre à canon. C'était là la vérité. Le baron ne trompait personne.

Guillibert, il est vrai, avait assez de bon sens

pour comprendre que la situation était perdue. Cette armée de l'Empire devenue armée de la République, que beaucoup comparaient à celle de «l'An II» victorieuse à Valmy en 1792, il la considérait déjà mise en pièces, dispersée et errante. Il voyait l'honneur de la France bafoué par des milliers de déserteurs, piétiné par les Prussiens aux portes de Paris et vendue aux réactionnaires conduits par Thiers. Cependant, au milieu de ce pessimisme, il pensait sincèrement que Joseph allait survivre au grand désastre.

— Je vais le ramener! dit soudain Valentine.

Le baron eut un sourire compatissant et tapota gentiment la joue de la jeune fille. La pauvre enfant était fatiguée et excédée.

— Où irais-tu, malheureuse? demanda mademoiselle Anne qui sentait bien, elle, que Valentine ne plaisantait pas.

— À Paris!

Maryse sortit de sa léthargie. Sa fille représenta soudain l'espoir. Peut-être Joseph était-il vivant? Elle s'agrippa fermement à cette idée. Il y avait sûrement un moyen de le faire sortir de la capitale. Dans la pagaille générale, des milliers de soldats abandonnant galons, képis et armes avaient réussi à rejoindre leurs familles. Pas plus tard que la veille, deux Signois blessés, Amédée Giraud et Georges Sicard, en étaient revenus et on les avait accueillis avec les honneurs. Elle savait Valentine capable de réaliser cet exploit et, dans son égoïsme de femme amoureuse, elle souhaitait que ses amis de la Bastide Basse ne la dissuadent pas.

— Tu n'y penses pas sérieusement? s'exclama le baron.

— Si!

— Et Fabien, tu n'attends pas son retour? demanda mademoiselle Anne.

Valentine ne broncha pas. Fabien était à Avignon où il cédait aux francs-tireurs de Garibaldi ses derniers chevaux. C'était une chance. Elle ne voulait pas l'entraîner dans cette aventure. Elle seule irait à Paris. Elle seule prendrait son père par la main. Elle seule forcerait les lignes prussiennes et les barrières fortifiées de la petite ceinture. Elle les observa un à un sans ciller. Ses yeux vibraient d'un noir plus violent; plus déterminée et indestructible apparut-elle dans toute sa fragile silhouette immobile mais intérieurement tendue vers son objectif.

— Je te donnerai l'argent pour le voyage, décida le baron qui venait de comprendre l'inutilité d'une discussion.

— Alors donnez-moi ce que vous avez sur vous car je pars immédiatement.

Mademoiselle Anne voulut arrêter la main de son frère, qui cherchait le portefeuille.

— Allons, Anne. Ouvre les yeux. Nous ne l'arrêterons pas. Rien ne l'arrêtera. Pas même les cent quatre-vingt mille Prussiens campés aux portes de Paris. Nous devons laisser son destin s'accomplir et moi je suis là pour l'aider un peu.

Tiens petite, c'est tout ce que j'ai.

Il tira deux cents francs et les mit dans les mains de Valentine. Vingt minutes plus tard, poussant les deux chevaux de son cab, il l'emmenait à Marseille.

Le baron n'avait pu franchir la porte de Rome. Marseille en effervescence était au bord de la révolution. On arrêtait tous les suspects. Les jésuites soupçonnés d'être les organisateurs de la répression impériale qui avait suivi le coup d'État du 2 décembre, vingt ans plus tôt, étaient pourchassés. Le général Aurelle de Paladines, menacé, s'était enfui, laissant la ville au nouvel homme fort, Labadie. Les Marseillais n'acceptaient plus les ordres de Paris, pas même ceux signés par Gambetta. Labadie gouvernait au nom de la liberté retrouvée et voulait proclamer l'indépendance de Marseille. Ses hommes dirigés par des commissaires occupaient tous les points stratégiques.

À la porte de Rome, ils filtraient les entrées et les sorties. Le baron n'avait pas la moindre chance de passer. Valentine abandonna le cab bien avant le poste de garde et se présenta seule aux soldats. Les factionnaires ne la contrôlèrent pas. Humblement vêtue des habits qu'elle portait quotidiennement, elle pénétra dans la cité. C'était à Saint-Charles qu'elle pensait passer la première épreuve de son périlleux voyage.

La gare était assiégée par des centaines de soldats et de voyageurs. D'âcres odeurs de charbon et d'huile brûlée poissaient l'air surchauffé des quais. Sous les vastes verrières aux nervures métalliques, l'éclairage était doux, tamisé et vaporeux. Là-dessous les bruits se répercutaient à l'infini. Abasourdie, Valentine en perdit le sens de l'orientation.

Des clairons, des tambours battaient le rappel des nombreuses troupes hétéroclites disséminées le long des voies. Il y avait longtemps que les guichetiers ne vendaient plus de billets. Tout s'achetait au noir. La gare ressemblait à un souk où les prostituées reines promenaient leurs croupes.

Valentine vit des couples se faire et se défaire en quelques minutes. On forniquait dans les wagons et les magasins généraux. Des marâtres cédaient leurs filles pour une poignée de sous ; dans les coins sombres où s'accumulaient toutes les mauvaises haleines, des chairs blanches et frissonnantes disparaissaient sous les uniformes.

Valentine eut peur de ces étranges soldats qui semblaient sortir de l'esprit dérangé d'un général ayant abusé de l'absinthe. Ils n'étaient pas habillés normalement. Il y avait des escadrons noirs portant des dragons et des têtes de mort d'acier en emblèmes sur la poitrine, des escouades pareilles à des suites princières, des compagnies des *Mille et Une Nuits* coiffées de chapeaux à plumes, aux capes de soie, aux sabres chargés de pierreries, des brutes bardées de cuir et de cartouchières.

Au fur et à mesure de sa progression, elle apprit de la bouche même des aboyeurs, derniers représentants des chemins de fer qui avaient pour mission de « chanter » les destinations et les correspondances des trains, que ces bandes armées appartenaient aux francs-tireurs. Il y avait là des « vengeurs de la mort » affiliés aux soldats de la société de solidarité républicaine du Havre, la compagnie des Phocéens, la légion des francs-tireurs du Var, la phalange niçoise, les gardes civiques de Marseille qui avaient pour mascotte un affreux caïman vivant, la légion provençale, des francs-destructeurs ouvriers, des tirailleurs toulonnais, des légionnaires d'Antibes... Tous saluèrent d'une salve le départ d'un convoi militaire pour Lyon en pointant leurs chassepots, leurs carabines Minié et leurs fusils « Spencer » vers le septentrion.

Le bruit fut épouvantable. Des civils se couchèrent sur le sol, des enfants effrayés pleurèrent et, pendant un moment, les oreilles bourdonnantes, on n'entendit plus les chuintements, les sifflements des locomotives, les coups de tampon et les aboyeurs. Valentine s'était abritée derrière un pilier.

Ce fut là qu'un « caïman » arborant des médailles qu'il n'avait pas encore méritées vint la dénicher.

— Alors ma belle, on a peur ?

Avec un sursaut de fierté, elle détourna la tête après lui avoir lancé un regard de mépris.

— Mais c'est qu'elle a du tempérament, cette petite paysanne. D'où viens-tu, ma belle ? De Saint-Marcel ? d'Allauch ? d'Auriol. À moins que ce ne soit de Saint-Antoine ?

Elle l'ignora. Elle ne le vit pas venir. La main leste, il lui empoigna un sein et s'exclama :

— Es gounfle coumo un perus ![1]

— Bas les pattes !

— Les héros ont droit à des compensations.

L'homme s'excitait. Sous l'emprise d'une ivresse violente et hurlante, des caïmans débraillés se répandirent en chansons épouvantables. Quatre d'entre eux piquaient du bout de leurs baïonnettes le reptile enchaîné à la porte d'un wagon à bestiaux. Ils l'avaient volé à un vieil original qui collectionnait les animaux exotiques à Plan de Cuques.

— Si tu n'es pas gentille avec moi, Kiki va te bouffer, dit le franc-tireur en la frôlant de tout le corps.

Il allait la peloter à nouveau. Il négligea la menace qu'elle proféra entre ses lèvres serrées. Quand sa main reprit le chemin du sein, le couteau brilla dans le poing de Valentine.

— Salope ! cria-t-il.

Elle lui avait profondément entamé la joue et un bout du nez. Il pissait le sang. En un instant, sa barbe, son col bleu et la chaîne d'argent qu'il portait au cou se teintèrent de rouge. Les yeux exorbités, il recula et dégaîna son sabre.

— C'est avec ça que je vais prendre ta fleur, petite pute !

Le sabre traça un arc de cercle. Valentine ne pouvait lutter avec son ridicule couteau. Elle essaya de fuir, mais des soldats formant rempart pointèrent leurs fusils hérissés de baïonnettes. Elle

1. Il est gonflé comme une poire.

compris qu'elle allait mourir là sur le quai lorsque le franc-tireur fit un pas pour l'éventrer.

— Ça suffit !

Le franc-tireur n'eut pas le temps de se venger. Sa lame rencontra le fer d'une épée de marine. Il y eut un court ferraillement et le sabre sauta de la main de l'ivrogne. L'homme qui venait de prendre la défense de Valentine était un officier aux cheveux blancs.

— J'ai honte. Que vais-je tirer de vous sur le champ de bataille ? Vous abaissez l'honneur de votre ville. Et toi, Henri Bassot, tu le traînes dans la boue.

Ces derniers mots étaient destinés à l'agresseur de Valentine qui, subitement dégrisé, penaud, contemplait le bout de ses bottes.

— Vous ne devriez pas être ici, mademoiselle, continua l'officier en s'adressant à Valentine.

— Il le faut, je dois ramener mon père, blessé à Paris, mentit-elle.

La colère de l'officier éclata :

— Vous entendez, vous autres ? Son père a été blessé ! Une fille de héros. Et vous vouliez lui faire du mal ! Bassot, tu peux rendre tes effets, tu n'appartiens plus aux volontaires de la garde civique de Marseille.

— Capitaine !

— C'est un ordre ! Caporal, veillez à ce que cet homme quitte la gare dans les plus brefs délais.

Le caporal emmena Bassot et la meute regagna ses quartiers, pour retrouver le jeu, la boisson et des filles plus avenantes que cette paysanne protégée par leur supérieur.

— Capitaine Kingler[1], se présenta-t-il en claquant des talons. Vous désirez réellement vous rendre à Paris ?

— C'est mon plus cher désir.

— Qu'à cela ne tienne. Le commandant Debray doit rejoindre le front vers Dijon. Son train part dans deux heures. Il se fera un plaisir d'escorter une fille de héros.

Ce fut ainsi que Valentine entama son périple dans une France dévastée. Trois mois plus tard, elle atteignait Paris.

— Je vous avais dit que ce ne serait pas facile, chuchota le garçon en couchant brutalement Valentine dans la boue.

La boue, elle s'y était habituée. On y plongeait à chaque alerte. Maculée des pieds à la tête, transie de froid, elle observa les ombres qui progressaient le long des berges de la Marne.

— Des uhlans, précisa le garçon.

Le garçon s'appelait Émile Courtry. Il était de Bry et aidait les gens à passer la ligne de front à l'est de Paris. Les uhlans montés sur de grands chevaux noirs, les capes ramassées entre leurs jambes, la lance à l'épaule, passaient les bois au crible.

— Le château de Vincennes est tout proche. Ils sont prudents, ces cochons. Venez, c'est le moment !

Émile fila entre les troncs, s'éloignant des uhlans

1. Il sera tué par ses hommes un mois plus tard.

qui furetaient sur sa gauche. Valentine le suivit. Il allait vite. Elle s'essoufflait. Ses vêtements alourdis d'eau, des semaines de fatigue la handicapaient. Elle n'avait plus sa vivacité de cabrette des collines.

— *Halt!* ordonna une voix.

— On est repérés, dit Émile en la prenant par la main.

Deux uhlans surgirent d'une écharpe de brume à cent pas d'eux. Ils éperonnèrent leurs montures.

— Pars ! Laisse-moi !

Valentine était à bout. Ses muscles durcis et douloureux refusaient l'effort d'une course. Émile la tira.

— On y est !

Valentine se fit violence. La ligne française lui apparut à travers la buée de son regard fiévreux. Derrière l'entrelacs des tranchées bourrées de bleus en képis, le château de Vincennes dressait son fier donjon et un immense drapeau tricolore tout flasque pendait entre ses créneaux.

— À terre ! cria Émile.

Elle se jeta au sol. Des coups de feu partirent des tranchées. Les balles sifflèrent au-dessus de leurs têtes, mais ne rattrapèrent pas les uhlans en fuite.

— C'est gagné, mademoiselle. Vous y êtes, à Paris.

Pour y être, elle y était. Perdue, affamée au milieu d'une foule affamée, errant dans les rues, elle cherchait son père. Elle savait que ses chances de le retrouver étaient infimes. Les bataillons officiels n'existaient plus. Les soldats dépenaillés s'associaient au gré des rencontres. En deux sorties, vingt mille des leurs avaient été tués et ils obéissaient de moins en moins à leurs chefs. Quand elle rencontra les hommes du 10ᵉ de ligne, ils lui confirmèrent que Joseph Bonifay était vivant mais qu'il n'appartenait plus au régiment.

« Ce vieux roublard a gagné sa liberté et des galons aux dés ! »

Voilà ce que lui avaient appris les soldats désabusés du général Vinoy. Désormais, elle se rendait tous les matins à l'Hôtel de Ville. Ses fonds s'épuisaient. Sur les deux cents francs du départ, il en restait trente. Elle en dépensait deux par jour. Dix sous un matelas dans une chambre collective pour jeunes filles, rue du Plâtre. Le reste pour manger. Pommes de terre et pain « Ferry » bourré de son étaient la nourriture quotidienne de la plupart des Parisiens. Son estomac s'était habitué à la recoupette et au bouillon fade. Pas au chat, ni au rat.

On approchait de la Noël. Valentine mit un temps infini pour gagner l'Hôtel de Ville. Dans une ambiance de fin du monde, soldats, mendiants et révolutionnaires faisaient le siège du monument où les bouchers regroupés sur la place vendaient des brochettes de moineaux et des rats à quinze sous.

— Chanzy vient d'être battu au Mans ! cria un homme hagard en guenilles. La IIᵉ armée est perdue !

La foule ne l'écoutait pas. Chanzy, Bourbaki, Trochu, tous des vendus, pensait-on. La priorité était le ventre. Les vraies batailles se déroulaient autour d'un zèbre du zoo dépecé au grand air et proposé à huit francs le kilo. Une fortune. Sous le porche de la mairie, on se pressait pour lire une affiche. Valentine demanda ce qu'elle disait à une femme habillée en guérillero.

— Ce qu'elle dit ! Ce qu'elle dit ! répéta la guerrière.

— Est-ce important ?

Valentine essayait bien de lire en anônnant les syllabes et les voyelles qu'elle rattachait les unes aux autres, mais c'était difficile.

— Il faudrait fusiller ceux qui ont imprimé ça ! hurla la femme avant de satisfaire la curiosité de Valentine. Tu te rends compte, ces salopards de la mairie organisent un repas de gala pour les bourgeois et les notables. Écoute-moi ça :

Consommé de cheval au millet
Brochettes de foie de chien à la maître d'hôtel
Émincés de râble de chat sauce mayonnaise
Épaule de filet de chien sauce tomate
Civet de chat aux champignons
Côtelettes de chien aux petits pois
Salmis de rat à la Robert
Gigot de chien flanqué de ratons
Salade d'escaroles
Bégonias au jus
Plum-pudding au jus et à la moelle de cheval
Dessert et vin.

— Il faut les pendre ! À la lanterne les fumiers ! La femme tira un coup de revolver en l'air.

Gardes mobiles, mercenaires et policiers en vinrent aux mains et Valentine fut prise dans un tourbillon. Des corps furent piétinés. Elle cria quand elle trébucha sur un lieutenant blessé qui rampait.

— Je te tiens !

Qui la tenait ? Elle devenait folle. La voix, l'accent, tout lui rappelait Fabien.

— Allez, un effort ! Nom de Dieu ! jura la voix. Filho boueno à maridar es difficilo à gardar[1].

— Fabien ! appela-t-elle d'une voix cassée.

Tout en distribuant quelques horions, Fabien la tira hors de la cohue.

— Viens, filons d'ici !

Fabien l'entraînait. Fabien fendait la houle d'une foule chargée par la troupe. Elle était comme dans un rêve. Quand ils atteignirent les berges de la Seine, elle ne sut si elle devait l'embrasser ou pleurer et elle fit les deux à la fois, s'abandonnant enfin dans les bras du seul homme en qui elle avait confiance.

Fabien était arrivé deux semaines plus tôt. La rage au ventre et fort des certitudes de la petite Victorine, il s'était juré de retrouver Valentine et personne n'aurait pu l'arrêter. Il avait crevé cinq chevaux pour parvenir à Orléans où la guerre s'éternisait et ce fut sous une pluie d'obus qu'il se faufila jusqu'aux remparts de la capitale après avoir tué une sentinelle allemande.

1. Fille bonne à marier est difficile à garder.

— J'ai vu ton père, dit-il brutalement après avoir écouté l'histoire de Valentine.

— Tu l'as... retrouvé ?

— Presque par hasard ; il est au fort d'Issy.

Elle joignit les mains et les tordit. Au fort d'Issy ! Elle n'avait jamais pu atteindre les forts de la petite ceinture. On s'y battait plus qu'ailleurs avec pour objectif final de prendre le mont Valérien. Son père sous le feu de l'ennemi. C'était incroyable.

— On va le convaincre de rentrer au pays ! s'écria-t-elle avec un engouement qui surprit Fabien.

Il savait qu'entre le père et la fille, les rapports étaient tendus. Il s'empressa de répondre.

— Tu sais, il a beaucoup changé... Je ne crois pas qu'il désire revenir à Siou Blanc.

— Tu me caches la vérité : il est blessé ?

— Non, il n'est plus le même. Il m'a dit que sa vie était ici.

— Mon père a toujours détesté la guerre. Et celle-ci est bel et bien perdue. Il n'est pas homme à épouser les causes désespérées. Chez lui, l'intérêt et le gain priment. Or, que je sache, la solde d'un soldat est de un franc par jour. Emmène-moi à Issy !

Fabien ne sut quoi répliquer. Il hocha la tête. Il n'avait qu'une crainte : les obus prussiens. L'Ouest parisien était sous le feu de l'ennemi.

— Nous attendrons la tombée de la nuit. Les tirs sont moins nourris. Accorde-moi quelques heures et oublions où nous sommes. Te rappelles-tu la maison abandonnée du Jas de Laure ?

Oh oui, qu'elle s'en souvenait ! Leurs premières étreintes. Leurs rendez-vous dans ce petit coin du bout du monde avec le mistral et les oiseaux pour seuls témoins. Quand il l'embrassa, elle renoua avec les passions laissées là-bas, au cœur de la garrigue.

La neige recouvrait les pentes d'Issy. Les arbres cassés, déchiquetés, les trous d'obus entravaient les chemins qui rayonnaient du fort. Des postes de garde s'échelonnaient de la porte de Versailles à l'entrée. On ne leur demanda rien. La discipline s'était relâchée depuis les récentes défaites de la Marne et de Neuilly. Les soldats harassés les regardaient grimper. Quand ils se présentèrent à l'entrée du fort, on ne s'étonna même pas de leur demande.

— Nous venons voir le soldat Bonifay, dit Fabien au sergent de faction.

— Ah ! Le maréchal ! C'est l'homme le plus courtisé du front. Vous n'êtes pas les premiers ce soir à lui rendre visite. Passez. Moi je m'en fiche, du moment que vous ne parlez pas allemand et que vous avez de l'argent à perdre.

Que voulait-il dire ? Maréchal ? Son père courtisé ? De l'argent à perdre ? Le fort et ses merlons s'étendaient sur plusieurs hectares. Pourtant, ils n'eurent pas à chercher. D'autres soldats et quelques civils se dirigeaient tous vers le même point. Au sein d'une vaste casemate éventrée, un feu gigantesque éclairait des cercles de visages.

Soudain, Valentine vit son père et elle eut du mal à le reconnaître. Joseph était vêtu d'un costume militaire chamarré et cousu de galons dorés. Assis en tailleur sur une peau d'ours, il jouait aux cartes. Un tas d'or et de billets de banque reposait dans le creux triangulaire de ses jambes bottées de chevreau. Il jouait et il gagnait.

— À moi ! Je rafle tout ! clama-t-il en ramenant vers lui des mises. Dieu m'a privé de victoire à Sedan, mais tel que je suis j'irai où Dieu voudra ! Allez la donne.

— C'est pas Dieu ! C'est le diable qui te protège, dit l'un des perdants.

Le diable ou Dieu, c'était pareil. Il avait perdu tant de compagnons d'armes en Alsace, puis dans les Vosges, qu'il ne se souciait pas du bien et du mal, les bonnes étoiles n'avaient pas d'odeur. Le plaisir de gagner étendait, multipliait sa personne dans l'espace et dans le temps. Depuis qu'il était à Paris, il dominait, il envahissait. Au train où allait la chance, il pourrait bientôt acheter un restaurant sur les grands boulevards et ouvrir une salle de jeu. Chaque partie était superbe, chaque défi envoûtant, chaque sensation enivrante. On venait de tous les arrondissements pour se mesurer à lui, bravant la mort. Il lui semblait que sa chance était là, dans cet environnement où pesaient les menaces, sur le front, dans l'odeur de la poudre et du sang. Pour rien au monde, il ne serait allé jouer dans le centre ville.

Valentine était paralysée par l'horreur. Elle

comprit qu'il ne reviendrait jamais au pays. Elle tenta cependant de lui parler.

— Papa...

— Valentine ?

Il ne l'avait pas vue tant le jeu lui dévorait le regard. Il ne sembla même pas étonné de la trouver là. Sa conscience avait été bouffée par les cartes.

— Maman t'attend...

— Elle est où ?

Il avait répondu mécaniquement. Il eut un geste tout aussi mécanique, prit une liasse de billets et la poussa vers sa fille.

— Tiens, tu lui donneras cet argent...

— Elle ne veut pas de ton sale argent ! C'est d'amour qu'elle a besoin.

Joseph parut contrarié. Valentine l'ennuyait. Il ne supportait pas les bavasseries ; elles le déconcentraient. Il attendait un roi de cœur. Toute son attention allait vers cette carte. Et il l'eut.

— Regarde le roi ! Je l'ai ! C'est la gagne.

À cet instant, Fabien saisit Valentine par les épaules et la tira violemment en arrière. Des sifflements lugubres traversaient l'air. La canonnade reprenait.

— Laisse-moi ! cria-t-elle.

Il ne l'écouta pas. Il l'emporta malgré elle en dehors de la casemate et l'obligea à s'allonger entre des paniers remplis de sable. Un obus tomba. Puis un autre. Et au milieu des explosions, ils entendirent le ricanement fou de Joseph. Quand ils se relevèrent, la casemate n'existait plus. Un trou marquait la place où jouait Joseph. Alors elle pleura ; elle pleura comme jamais. Puis elle écouta la voix de Fabien. Il lui parla de la Provence, du four à cade à remettre en marche, des chevaux à élever, de Maryse à aimer et des enfants à venir. Alors, elle perçut l'appel de la garrigue et ce fut elle qui entraîna son amant vers le Midi.

La Bastide blanche

JEAN-MICHEL THIBAUX

Justin, le héros de *La Bastide blanche*, vit à Signes. En cette fin de XIXe siècle, il exerce un métier étonnant, celui de glacier.

Il fallait fabriquer et conserver la glace jusqu'à l'été. Par un système de canaux et de bassins, les hommes des glaces recueillaient l'eau de pluie qui, une fois gelée, était découpée en gros blocs que l'on enfouissait dans les vastes tours construites sur le versant nord de la Sainte-Baume. L'été venu, commençait une féroce compétition entre les glaciers qui vendaient à prix d'or leurs blocs de glace à Marseille, Toulon, Aix-en-Provence où la recette des sorbets faisait alors fureur.

Chaque été, Justin risque sa vie pour livrer sa glace : arriver avant ses concurrents ; aller toujours plus vite dans les sentiers à pic de montagne car la glace fond sous le soleil de Provence. Des sommes énormes sont en jeu. Haines attisées par la convoitise, traîtrises, meurtres même, jalonnent cette histoire émaillée de coutumes provençales, dans une Signes mythique où, depuis l'aube des temps, sévit une confrérie de sorcières.

Partagé entre son amour pour Magali, la sorcière, et pour Camille, la fille du terrible maître des glaces, Julien ira au bout de ses passions.

Une grande histoire provençale, sur les pas de Giono et de Pagnol.

Le Secret de Magali

JEAN-MICHEL THIBAUX

1899. La glace de la Sainte-Baume se vend à prix d'or sur les marchés de Marseille et de Toulon, mais en cette fin de siècle, de grands changements se préparent. Justin, Magali, Viguière et les autres héros de *La Bastide Blanche* ignorent tout des projets de Roumisse, l'odieux « maître des glaces ». Dans son château de la Sainte-Baume, il rêve de se venger des Signois ; de les ruiner, en construisant une gigantesque usine à glace industrielle. Sa volonté de vengeance est d'autant plus forte qu'elle est attisée par sa fille, Camille.

Magali est au centre du drame : pour la posséder, Roumisse est prêt à tout. Il en oublie même les enjeux économiques qui conduisent Justin à prendre la tête d'une révolte des artisans de la glace. La guerre des glaciers est déclarée, mais le danger ne viendra pas de la fureur des Signois. Il viendra de la mère de Magali.

Amour, haine et passion animent une fois de plus les habitants de la Bastide Blanche.

DANS LA MÊME COLLECTION

Jean Anglade
Un parrain de cendre
Le Jardin de Mercure
Y a pas d'Bon Dieu
La Soupe à la fourchette
Un lit d'aubépine
La Bête et le Bon Dieu (Essai)
La Maîtresse au piquet
Sylvie Anne
Mélie de Sept-Vents
Jean-Jacques Antier
Autant en apporte la mer
La Croisade des innocents
Marie-Paul Armand
La Poussière des corons
Le Vent de la haine
Le Pain rouge
La Courée
tome I *La Courée*
tome II *Louise*
tome III *Benoît*
La Maîtresse d'école
Édouard Axelrad
Au fil du fleuve
Erwan Bergot
Les Marches vers la gloire
Sud lointain
tome I *Le Courrier de Saigon*
tome II *La Rivière des parfums*
tome III *Le Maître de Bao-Tan*
Rendez-vous à Vera-Cruz
Mourir au Laos
Annie Bruel
La Colline des Contrebandiers
Alice Collignon
Les Jonchères
Didier Cornaille
Les Labours d'hiver
Les Terres abandonnées
La Croix de Fourche
Georges Coulonges
Les Terres gelées
La Fête des écoles
La Madelon de l'an 40
L'Enfant sous les étoiles
Yves Courrière
Les Aubarède
Anne Courtillé
Les Dames de Clermont
Florine
Dieu le veult
Les Messieurs de Clermont
Alain Dubos
Les Seigneurs de la haute lande
Alain Gandy
L'Escadron
Adieu capitaine
Quand la Légion écrivait sa légende
Un sombre été à Chaluzac
Michel Hérubel
La Maison Gelder
Denis Humbert
La Malvialle
Un si joli village
La Rouvraie
La Dent du loup
Michel Jeury
Au cabaret des oiseaux
Jean Mabire
Opération Minotaure
Henry Noullet
Sur la piste de Samrang
La Falourde
Michel Peyramaure
Les Tambours sauvages
Pacifique Sud
Louisiana
Claude Riffaud
Mékong Palace
La Crique de l'or
Rêve de Siam
Jean Rosset
Vir'Vent
Les Derniers Porteurs de terre
Annie Sanerot-Degroote
La Kermesse du diable
Le Cœur en Flandre
Jean-Michel Thibaux
La Bastide blanche
Le Secret de Magali
Violaine Vanoyeke
Les Schuller
Le Serment des 4 rivières
Brigitte Varel
Un village pourtant si tranquille
Claude Veillot
et Jean-Michel Thibaux
L'enfant qui venait du froid

Cet ouvrage a été composé
*par l'***Imprimerie BUSSIÈRE**
et imprimé sur presse Cameron
dans les ateliers de
Bussière Camedan Imprimeries
à Saint-Amand-Montrond (Cher),
en mars 1997

N° d'édition : 6547. N° d'impression : 366-1/374.
Dépôt légal : mars 1997.
Imprimé en France